南 英男

潜伏犯 捜査前線

実業之日本社

実業之日本社文庫

目次

第一章　元検察事務官の死　7
第二章　降格された鬼検事　76
第三章　意外な真相　141
第四章　気になる偶然　207
第五章　透(す)けた接点　275

潜伏犯　捜査前線

第一章　元検察事務官の死

1

被害者は血塗れだった。

なんとも惨たらしい。上半身は、ほぼ血糊に染まっている。

胸部と腹部の刺し傷は深かった。見開かれた両眼は、恨めしげに虚空を睨んでいる。

死顔はいかにも無念そうだ。視線を逸らしたくなる。

波多野亮は、鑑識係官が撮った死体写真を捲りはじめた。

警視庁本部庁舎の六階にある捜査一課の自席だ。二月十一日の正午前である。春とは名ばかりで、きょうも寒い。

捜査一課は大所帯だ。課員が三百五十人ほどいる。それぞれ優秀で、フットワークも軽い。

同課は第一から第四強行犯捜査、第五強行犯捜査、第六・第七強行犯捜査、さらに第一・第二特殊犯捜査、特命捜査対策室で構成されている。刑事部屋はだだっ広い。百畳敷き以上である。

四十三歳の波多野警部は、第二強行犯捜査殺人犯捜査第三係の係長だ。通称、波多野班のリーダーである。そんなことから、十二人の部下には係長と呼ばれていた。殺人犯捜査は第一から第十二係まである。殺人・傷害事件を担当していることが共通点だ。

波多野は上背があり、体軀は筋肉質だった。面立ちも男臭い。だが、目つきは柔和だ。笑うと、やや目尻が下がる。

文京区千駄木の下町で生まれ育った波多野は、子供のころから正義感が強かった。何かで困っている人たちを見ると、つい放っておけなくなる性質だった。そんなわけで有名私大の法学部を出ると、警視庁採用の警察官になった。

ノンキャリアと呼ばれる一般警察官だが、順調に昇進してきた。三十二歳で警部補になり、三十六歳で警部の職階を得た。それまでは都内の所轄署の刑事課や生活安全課を渡り歩き、三十八歳のときに本庁捜査一課に配属になった。

それ以来、ずっと同じ課に籍を置いている。警視に昇格するチャンスもあったが、現在の職階で満足していた。

波多野は根っから現場捜査が好きだった。できることなら、停年まで一刑事でいたい。もともと出世欲は稀薄だった。

加えて目下、独身である。波多野は、ちょうど十年前に三つ年下の妻と離婚している。別れた悠子は職務にかまけてばかりいる夫に愛想を尽かし、年下の男性と親密な間柄になってしまったのだ。

夫婦は子宝に恵まれなかった。そのせいか、夫婦の仲は脆くも崩れた。

悠子に別れ話を切り出されたとき、波多野は一瞬、わが耳を疑った。

しかし、空耳ではなかった。妻は涙ぐみながら、数年も前から心が夫から離れていたことを打ち明けた。寂しさと不安に圧し潰されそうになって、つい背信行為に走ったことを詫びた。

波多野は妻の心の変化に少しも気づかなかった。

ショックよりも、自分の感受性の鈍さを恥じた。悠子を詰ることはできなかった。黙って離婚届に署名捺印し、預金の半分を分け与えた。

その当時、夫婦は中野区内にある警察の家族寮に住んでいた。悠子が去った半月後、波多野も官舎を引き払った。

転居先は、東急東横線学芸大学駅近くにある賃貸マンションだった。間取りは2DKだが、陽当たりはいい。いまも波多野は、同じ部屋で独り暮らしをしている。

非番の日以外は自炊をしていない。ふだんは外食で済ませ、コインランドリーの世話になっている。

波多野は次男だ。千駄木の生家には、兄の一家が年老いた母と同居している。父が他界したのは十七年も前だ。

波多野は離婚して数年間は女性不信の念を拭えなかったが、もうすっかり立ち直っている。

何かの弾みで悠子のことを思い出すが、感傷的になることはなかった。ただ、元妻の安否は気がかりだった。

特定の交際相手はいなかったが、それほど淋しさや侘しさは感じていない。

とはいえ、独り身に戻ってからはめっきり酒量が増えた。喫煙本数も多くなった。強がっていても、やはり孤独感に耐えられなくなっているのか。そうだとしても、自業自得だろう。

捜査一課は花形セクションで、刑事たちの憧れの職場と言えよう。

だが、いわゆる出世コースではない。エリートコースは警備部と公安部だ。昔から両課の課長のポストには、若手の警察官僚が就いている。

約二十九万七千人の警察社会を支配しているのは、およそ六百人の有資格者と言っても過言ではない。国家公務員総合職及び一般職試験（旧Ⅰ・Ⅱ種）合格者である警察官僚は、確かに行政官としては有能だ。ただし、揃って現場捜査には疎い。

そのため、捜査一課長の席には刑事歴の長いベテランが据えられる。その下に参謀の理事官が二人いる。課長と同様に捜査畑を長年踏んできた警視が任に就く。

二人の理事官は書類決裁を午前中に済ませ、こまめに各事件現場に足を運ぶ。所轄に捜査本部が設けられると、刑事部長や捜査一課長の代理として捜査会議に顔を出す。

理事官の下には、十数人の管理官がいる。定数制ではない。年度によって管理官数は異なるが、いずれも職階は警視だ。管理官たちは捜査各課を束ね、直接的な指揮を執っている。当然、捜査本部にも出向く。

波多野は死体写真を見終えた。

いつもながら、気が重くなる。不運な被害者にも同情を禁じ得ない。

波多野は、本庁機動捜査隊の初動捜査資料の束を手に取った。町田署管内で殺人事件が発生したのは一昨日、二月九日の夜だった。

被害者は司法書士の寺内隆幸、四十八歳である。寺内は町田市玉川学園二丁目十×番地の自宅応接間で何者かに左胸部と右腹部を鋭利な刃物で刺され、その場でショック性失血死した。事件当夜、被害者の妻と娘は京都旅行中だった。宿泊先は確認されている。

事件通報者は、寺内と同業の男性だった。その通報者は同夜、被害者のスマートフォンを十数回もコールした。

しかし、いっこうに電話は繋がらなかった。不審に感じた通報者は自分の車で寺内宅に急行した。

門扉は半開き状態で、玄関のドアも施錠されていなかった。事件通報者は寺内の名を呼びながら、被害者宅に入った。すると、濃い血の臭いが鼻腔を撲った。

玄関ホール脇の十五畳ほどの応接間をこわごわ覗くと、家の主がペルシャ絨毯の上に仰向けに倒れていた。すでに絶命していた。通報者はポーチに飛び出し、自分のスマートフォンで一一〇番した。

所轄の町田署刑事課員たちと本庁機動捜査隊の面々が相次いで臨場した。すでに鑑識係が遺留品採取に取りかかっていた。

応接間の壁には弾頭が埋まり、床には薬莢も落ちていた。近隣の住民は誰も銃声を耳にしていない。加害者は消音型拳銃を所持していたと思われるが、寺内は一発も被弾していなかった。なぜ殺人者は寺内を射殺しなかったのか。

波多野は捜査資料の文字を目で追いながら、素朴な疑問を抱いた。

加害者は、どうしてナイフで被害者の命を奪ったのか。撃ち殺さなかった理由は何なのだろうか。犯人は返り血を浴びることを厭わなかったようだ。それだけ被害者を烈しく恨んでいたと推測すべきか。

死体の周りの血溜まりの中にダイヤのピアスが片方だけ落ちていた。それも引っかかる。二カ所の刺し傷はかなり深い。

しかも犯人は刺し貫いてから、明らかに刃を抉っている。犯行の手口から察して、とても女性の仕業だとは思えなかった。

現場検証が終了すると、寺内の遺体はいったん町田署に移された。署内で本格的な検視が行われてから、安置された。そして今朝、三鷹市の杏林大学法医学教室に搬送され、司法解剖された。

司法解剖の結果、寺内の死因はショック性失血死と断定された。死亡推定時刻は二月九日の午後十時半から同十一時四十分の間とされた。

凶器は刃渡り十四、五センチの両刃のダガーナイフと推定された。また、ライフルマークから壁を穿った弾頭はロシア製の消音型拳銃マカロフPbと判明した。

加害者の頭髪と思われる毛が二本ほど採取されたが、被害者宅から指紋、掌紋、唇紋などは一切検出されなかった。

血液の付着した靴痕が寺内宅の応接間、玄関ホール、三和土、ポーチ、石畳のアプローチにくっきりと残され、それは三十数メートル先の路上で途切れていた。その場所で、加害者は駐めてあった車で逃走を図ったと考えられる。

靴のサイズは二十七センチだった。全国で五万数千足も販売された紐靴だ。購入先を割り出すことはきわめて難しい。

本庁の機動捜査隊と町田署の刑事たちは一昨日の深夜に聞き込み捜査を開始した。

地取り班は事件現場周辺で、不審な人物や怪しい車輛の目撃証言を集める。鑑取り班は、被害者の親族や友人から交友関係を探り出す。鑑取りというのは俗称で、正式には敷鑑捜査のことだ。

機捜は一両日、聞き込みに励む。

しかし、それで犯人を逮捕できることは稀だ。捜査は所轄署に引き継がれる。すでに重要参考人を割り出しているときは、地元署だけで事件を落着させる。

容疑者の特定に至っていない場合、都内の各所轄署は警視庁に捜査本部の設置を要請する。他の各都道府県警本部も同様だ。

捜査一課の刑事たちは所轄署に出張り、地元署員と協力し合って加害者を検挙する。

警視庁を例に取ると、殺人犯捜査第一係から第十二係のいずれかの班が所轄署に出向く。各係は複数の班に分かれていて、それぞれのリーダーは警部だ。その下に警部補がたいてい二人はいる。一方は主任だ。戦力部隊として巡査部長、巡査長、巡査が八、九人いることが多い。

波多野はメビウスに火を点け、捜査資料に目を通しつづけた。

被害者の寺内は六年前まで、東京地検特捜部所属の検察事務官だった。独自な捜査で政財官界の不正を摘発しているのが地方検察庁の特別捜査部だ。略して特捜部である。東京、大阪、名古屋の三地検に置かれている。

その中でも、東京地検特捜部の活躍ぶりは華やかだ。過去に数十人の大物政財界人やキャリア官僚を汚職容疑で逮捕している。そのうちの六割が起訴され、有罪判決を受けた。

東京地検特捜部には四十人の検事がいるが、誰もエリート中のエリートだ。将来は、地検の検事正、最高検の検事、高検の検事長になることがほぼ約束されている。それだけに総じて気位が高い。傲慢な性格で、自信家揃いだ。唯我独尊タイプが多い。ちなみに副検事は二名で、検察事務官は九十名だ。

検事や副検事と違って、黒子である検察事務官は地味で存在感が薄い。権力とも無縁で、発言力もないと言えよう。

東京地検特捜部付きの検察事務官でも、それほど発言力はない。尊大な特捜部検事に駒のように扱き使われ、日々、屈辱感を味わわされている者もいるようだ。

寺内は中堅私大の二部を卒業し、検察事務官になった。全国の地検を転々とした後、三十代の半ばで東京地検特捜部に配属になった。大学の二部出身の検察事務官の中では出世頭だったのではないか。

被害者は四十二歳の秋、なぜだか依願退職している。その数カ月後に自分の司法書士事務所を開業し、六年が経った。事務所は旧町田市役所裏の雑居ビルの一階にある。

みすぼらしくて狭い。古いビルのためか、月の家賃は十二万円に満たない。

初動捜査によると、開業以来、年商は一度も一千万円を超えていない。

それでいて、玉川学園にある自宅は二百坪近い豪邸だ。捜査資料には、被害者宅の全景写真も添えてある。

洒落た造りの洋風住宅は二階建てで、だいぶ大きい。間取りは8LDKだった。庭木も多い。ガレージには、ベンツ、レクサス、BMWの三台が納まっている。

未亡人の友理は四十六歳で、専業主婦だった。サラリーマン家庭で育ったようだ。実家が豊かだったとは考えにくい。ひとり娘の沙希はミッション系女子大の二年生である。

通っている大学は学費が高いことで知られていた。

刺殺された寺内は何か裏で別収入を得ていたにちがいない。

波多野は、そう直感した。被害者は際どい裏稼業で荒稼ぎしていたと考えられる。二十年近く検察事務官を務めてきた寺内なら、法の抜け道も知り尽くしていたのではないか。

闇ビジネスや脱税を企んでいる者たちに裏技をこっそりと伝授し、たっぷりと指南料を貰っていたのかもしれない。領収証を切っていなければ、所得の申告はしなくても済む。被害者は裏稼業で年に一億円前後の収入を得ていたのではないだろうか。

波多野は、短くなった煙草の火を灰皿の底に捻りつけた。

そのとき、卓上の警察電話が鳴った。内線ランプが灯っている。

波多野は受話器を摑み上げた。電話をかけてきたのは、捜査一課長の小田切渉警視だった。五十六歳で、ノンキャリアの出世頭である。

小田切課長は捜査畑が長く、現場捜査員たちの苦労をよく知っている。人柄は気さくだった。

「町田署に捜査本部が立つことが本決まりになったようですね？」

「そうなんだ。課長室に来てくれないか」

「了解です」

波多野は受話器をフックに返し、勢いよく椅子から立ち上がった。第二強行犯捜査殺人犯捜査担当の大部屋を出る。

通路の向こう側は、運転担当者控室を兼ねた宿直室だ。同室には神棚がある。運転担当の捜査員たちは神棚に手を合わせてから、地階の車庫に下りていく。

波多野は特殊犯捜査係室の前を通り、角部屋の課長室に歩を運んだ。通路の左手には給湯室があるが、人の姿は見当たらなかった。

波多野はノックをしてから、課長室に入った。

二十畳ほどのスペースだ。執務机が据えられ、応接セットが置かれている。

小田切課長は、総革張りの黒いソファにゆったりと腰かけていた。

課長の前には、宇佐美暁理事官と馬場直之管理官が並んで坐っている。理事官が四十五歳で、管理官は五十歳だ。

「三係の班の部下と一緒に午後二時までに町田署に入ってくれ」

課長が波多野に声をかけてきた。

「了解しました」

「ま、掛けてくれ」

「はい。失礼します」

波多野は一礼し、小田切課長のかたわらに腰を沈めた。ほとんど同時に、課長が口を開いた。

「初動捜査の報告書と鑑識写真には目を通したね？」

「はい、少し前に」

「本庁（うち）の刑事部長が捜査本部長の任に就いたんだが、わたしが代理を務めることになったんだよ。しかし、わたしは別件で動けない。亀戸（かめいど）の例の猟奇殺人事件の捜査が振り出しに戻ったんで、馬場管理官はそちらに専念しなければならなくなったんだ」

「そうなんですか」

「それで、宇佐美理事官に町田署の捜査本部に出向いてもらうことになったんだ」

「わかりました」

波多野は応じて、前屈（まえかが）みになった。宇佐美理事官に挨拶する。

「こっちこそ、よろしくな。少し前に町田署の野中要（のなかかなめ）署長と電話で話をしたんだが、捜査本部副本部長は署長になってもらって、わたしは捜査主任に就くことになった」

「そうですか。捜査副主任は、先方さんの刑事課長が就かれるんですよね？」

「ああ。田丸靖男（たまるやすお）課長が副主任で、強行犯係の安西清（あんざいきよし）係長には予備班の班長をやってもらうことになった。きみは、捜査班の班長をやってくれ。いいね？」

宇佐美が言った。波多野はうなずいた。

捜査本部は、どこも庶務班、捜査班、予備班、凶器班、鑑識班などで構成されている。

庶務班は捜査本部の設営に汗を流す。所轄署の会議室に机、事務備品、ホワイトボードなどを運び入れ、何本か専用の警察電話を引く。捜査員たちの食事の世話をして、泊まり込み用の夜具も用意する。

それだけに留まらない。蛍光灯の交換や空調の点検もする。捜査車輛の整備も守備範囲だ。さらに捜査費の割り当てをし、あらゆる会計業務もこなす。本庁の新人刑事や所轄署の生活安全課から駆り出された署員が担当する。

捜査班は通常、地取り、敷鑑、遺留品の三班に分けられる。

各班とも二人一組で聞き込み、尾行、張り込みに当たる。原則として、本庁と所轄署の刑事がコンビを組む。ベテランと若手の組み合わせが大半だ。

予備班の語感は地味だが、最も重要な任務を負わされている。班長は、捜査本部の現場指揮官だ。

予備班長には、十年以上の捜査経験を持つ刑事が選ばれる。捜査本部で情報の交通整理をして、各班に指示を与えることが任務だ。被疑者を最初に取り調べるのも予備班のメンバーたちである。

凶器班は文字通り、凶器の発見に努める。むろん、入手経路も突きとめなければならない。時にはドブ浚(さら)いもさせられる。枝を払ったり、伸びた雑草も刈り込まなければならない。海、湖、池、川などにも潜(もぐ)らされる。

鑑識班は、たいがい所轄署の係官が三、四人任命される。事件の規模によっては、本庁の専門官が幾人か加わる。

「捜査資料を読んで、何か筋(すじ)が読めてきたかな?」

小田切課長が波多野に訊(き)いた。

「被害者の寺内隆幸は何か危(ヤバ)いことをやって、でっかい裏収入を得てたんだと思います。司法書士の仕事では、贅沢(ぜいたく)な暮らしをできるほど稼いでたわけではないようですんで」

「そうみたいだな。裏商売のトラブルで、元検察事務官は殺されたのかもしれない。それはそうと、第一期の一カ月で片をつけられそうか?」

「捜査に取りかかってみないと、なんとも言えませんね」

「それはそうだな。捜査が難航するようだったら、五係あたりから三、四人回してやろう」

「意地でも、自分の班で片をつけますよ」

「頼もしいね。期待してるぞ」

「ええ、任せてください」

波多野は胸を叩いた。

会話が中断すると、宇佐美理事官が言葉を発した。

「波多野君、きみは四年前に渋谷区内で発生した殺人事件の犯人が潜伏先から逃亡を図ったとき、所轄署の保科圭輔という刑事と一緒に追ったんだったね？」

「そうです。保科巡査長と追跡して、こちらが被疑者を確保したんですよ」

「ああ、そうだったね」

「そのとき、相手が隠し持ってた刃物を取り出しそうな素振りを見せたんで、相棒の保科君に『危ない！　退がってろ』と大声で告げたんです」

「そういう話だったね。反射的に後退した保科刑事は、脇道から急に走り出てきたオフブラックのクラウンに撥ねられて……」

「救急病院に担ぎ込まれて一時間後に息絶えてしまいました」

「そうだったな」

「わたしは彼が逮捕した男に傷つけられてはいけないと思って、とっさに注意を促したんですよ。しかし、それが裏目に出てしまいました。亡くなった保科君には済まないことをしたと悔やんでます」

「別段、波多野君に非があったわけじゃないんだ。必要以上に自分を責めることはないよ」

「しかし、彼は新婚二年目で、一粒種の翔太という息子はまだ一歳になっていなかったんです。婦警だった奥さんも、確か二十六だったと思います」

「生きてたら、保科刑事は三十三歳になってたんだな。彼の奥さんの保科志帆巡査長のことなんだがね、一年前に八王子署の生活安全課から町田署の刑事課強行犯係に異動になってる。女手ひとつで息子を育てながら、刑事をやってるそうだよ。健気じゃないか」

「そうでしたか。そのことは知りませんでした」

「そう。保科刑事の若い未亡人と捜査本部で顔を合わせるのが気まずいようだったら、彼女を捜査班から外すよう先方の署長に頼んでやってもいいが、どうする？」

「その必要はありません。すぐに部下たちを招集して、町田署に向かいます」

波多野はきっぱりと言って、ソファから立ち上がった。

2

ホワイトボードには、事件現場の略図が記されている。被害者の寺内の経歴も板書してあった。

鑑識写真が次々に貼られた。

町田署の六階にある会議室に設置された捜査本部だ。町田署の署員は、およそ五百五十人である。警視庁第二位の大規模署だった。地下一階、地上七階建てだ。別館もある。

波多野は窓側の最前席に坐り、事件経過を報告中の所轄署の安西係長に視線を向けていた。午後三時過ぎだった。捜査会議がはじまったのは五、六分前だ。

ホワイトボードの横のテーブルには、町田署の野中署長、田丸刑事課長、本庁の宇佐美理事官の三人が並んでいる。波多野の後方には十二人の部下が坐っていた。

町田署の捜査員は総勢で十四人だった。そのうち三人は生活安全課の課員だ。刑事課強行犯係は安西係長を含めて十一人である。

所轄署員たちは全員、通路側の席に着いている。保科志帆は斜め後方に坐っていた。

捜査会議が開始される直前、波多野は殉職した保科の妻と会釈し合った。言葉を交わす時間はなかった。

保科の葬儀で志帆と顔を合わせてから、一度も会っていない。四年ぶりに見た志帆は、相変わらず息を呑むほど美しかった。大人の色香も漂わせていた。

志帆は久しぶりに会った波多野に笑顔を向けてきた。しかし、その笑みはどこかぎこちなかった。大きな瞳は笑っていないように見えた。

通夜と告別式の際、志帆は波多野を咎めるようなことは一言も口にしなかった。それどころか、夫の保科が職務中に轢き逃げ事件の被害者になったのは不可抗力だったとさえ言ってくれた。

しかし、それは本心だったのか。相棒だった波多野が余計な言葉を発したばかりに、保科はクラウンに轢き殺されることになった。それは動かしようのない事実だ。

むろん、志帆は波多野に何も悪意や他意がなかったことは感じ取ってくれただろう。それでも、相棒刑事が注意を促したことが保科の死を招いたのは間違いない。志帆が、そのことに蟠りを持っても非難はできないだろう。

波多野自身も、そのことでは注意力が足りなかったと反省していた。

逮捕した殺人容疑者の動きだけに気を取られて、脇道からクラウンが走り出てくることはまったく予想もしていなかった。配慮不足だったことは否めない。

波多野は保科圭輔の納骨には立ち合わなかったが、故人の命日には遺族に覚(さと)られないよう時間をずらして墓参をしてきた。自分なりの償(つぐな)いだった。

「寺内隆幸が何か裏ビジネスをしてたことは間違いないと思います。きのうの夕方、旅先から戻った友理夫人に町田署(うち)の者がそのあたりのことで探(さぐ)りを入れてみたんですが、奥さんは知らないの一点張りでした」

安西係長の声に、田丸刑事課長の言葉が重なった。

「奥さんはとぼけてるのさ。年収七、八百万円で豪邸に住んで、高級車を三台も所有できるわけないよ」

「ええ、そうだと思います。ひとり娘もお嬢さん学校と言われてる聖美女子大に通ってるんですから、被害者には裏収入があったんでしょう」

「安西君、寺内は検察事務官だったころは足立(あだち)区のファミリー向けの分譲マンションに住んでたんだよな？」

「そうです。三十年ローンで九年前に三千二百万円で購入しています。頭金は五百万円だったかな」

「玉川学園の豪邸は五年前に二億二千万円で買ってるんだね？」

「ええ、新築の高級建売を即金で購入しています」

「司法書士になって、わずか一年で超豪邸を買えるはずがない。被害者（マルガイ）が何か非合法ビジネスで荒稼ぎしてたことは間違いないよ」

「殺された寺内は麻薬の密売でもやってたんですかね？」

「初動捜査では、寺内が裏社会の連中と繋（つな）がってる様子はなかったという話だったよな？」

「ええ。しかし、インターネットで大学生たちがオランダから大麻草の種子を買い付けてる時代ですんで、暴力団とコネがなくても麻薬ビジネスはできるんじゃありませんか？」

「買い付けはできたとしても、大量に密売するとなったら、その筋（すじ）の連中の協力がないとな」

「そうでしょうね。寺内はネットを使って、銃器を国外から買い付け、こっそり国内のガンマニアたちに売ってたんでしょうか？」

「銃器の密売をやってたら、そのうち必ず反社の奴らに覚（さと）られるはずだ」

「そうだろうな」

安西が相槌（あいづち）を打った。一拍置いて、田丸課長が口を開いた。

「元検察事務官は弁護士に成りすまして、各種の法律相談に乗ってたんじゃないのかね？」

「偽弁護士で荒稼ぎしてた可能性はありそうですね。被害者は前職で法律には精しくなってたでしょうから」

「安西君、きっとそうだよ。寺内は弁護士と称して、相談相手から法外な成功報酬をぶったくってたんだろう。偽弁護士が民事裁判で法廷に出入りすることはできない」

「そうですね。寺内は模造の弁護士バッジをちらつかせて、示談屋めいたことをしてたんでしょうか？」

「おそらく、そうなんだろうな。それで、何かトラブルになったんじゃないのか。わたしは、そう読んだね」

「課長の筋読み通りなのかもしれません」

安西係長が追従笑いを浮かべた。本庁の宇佐美理事官が空咳をした。

「理事官は何か異論がおありのようですね？」

町田署の刑事課長が隣の宇佐美に顔を向けた。

「田丸さん、あまり予断を持たないほうがいいでしょう？　まだ本格的な聞き込みはしてないわけですから」

「理事官のおっしゃる通りですね。わたし、ちょっと先走ってしまいました」

「白紙の状態で現場のみんなに捜査に当たってもらったほうがいいと思います」

「わたしも同感だな」

野中署長が本庁の理事官に同調した。田丸刑事課長は幾(いく)らか鼻白んだ顔つきになったが、黙したままだった。

「それでは班分けを発表させてもらいます」

安西が予備班の班長に就くことを告げ、予備班、捜査班、庶務班、凶器班、鑑識班の順にメンバーの氏名を読み上げた。不平を洩(も)らす者はいなかった。

「捜査班のペアの組み合わせは、班長の波多野警部に一任します」

「わかりました」

「それでは、これで捜査会議を終わりにします」

安西係長が一礼し、ホワイトボードの鑑識写真を剝(は)がしはじめた。野中署長、田丸刑事課長、本庁の宇佐美理事官の三人が会議室から出ていった。

波多野は机から離れ、捜査班に指名されたメンバーを呼び集めた。自分の部下五人と町田署の刑事が六人だった。志帆は紅一点だ。

「波多野警部、保科は庶務班の誰かとチェンジさせたほうがいいんじゃないっすか？」

所轄署の岡江剛(おかえつよし)主任が言った。四十九歳のベテランだが、職階はまだ巡査部長だった。

ずんぐりとした体型で、典型的な猪首だ。眉が濃く、ぎょろ目だった。髪は短く刈り込んである。

「どうしてそう思うのかな？」

「女は殺人犯捜査には向かないでしょ？　張り込み中に野郎なら、立ち小便もできますよね？」

「そうだな」

「でも、女刑事はそれができないでしょ？」

「いまの発言はセクハラですっ」

保科志帆が岡江を睨めつけた。すると、岡江が口の端を歪めた。

「堅いんだよ、おまえ」

「おまえ呼ばわりされたくないですね。わたしが年下の女だからって、そんな呼び方をするのは一種のパワーハラスメントだわ」

「今度はパワハラかよ。おまえさ、おっと、いけねえ。保科はウーマンリブの活動家か？」

「話をはぐらかさないで、ちゃんと謝ってほしいわ」

「なんだって、そんなにむきになるんだ。四年前に旦那が殉職しちまったんで、少々、欲求不満なんじゃねえの？」

「いい加減にしないと、急所を蹴り上げますよ」

「おっかねえ女だな。保科は器量がいいんだから、いっそ高級クラブで働けよ。ナンバーワンホステスになれると思うぜ。そうすりゃ、母子家庭でも楽に息子を育てられるのに。保科、考えてみろや」

「私生活にまで立ち入らないで！」

保科志帆が眉を跳ね上げた。

「勝手に保科巡査長を捜査班から外すわけにはいかないな」

波多野は見かねて、助け船を出した。口を結ぶと、岡江が厭味たっぷりに呟いた。

「刑事課の田丸課長も安西係長も美人に弱いからなあ。使えない女刑事は交通課あたりに回しちまえばいいのに」

「わたしが何か捜査ミスをしたことがありますかっ」

「ミスはねえけど、でっかい手柄も立ててねえよな？」

「ええ、それはね。でも、同僚たちの足手まといになったことはないはずです。子育てを理由に早退けしたことは一度もないし、息子が熱を出したときもちゃんと職務は果たした」

志帆が反論した。

「母親として、それでいいのか。翔太とかいう息子は四歳だって話だよな？」

「ええ、そうですよ」

「朝の八時過ぎから夜の七時ごろまで保育園に預けっ放しじゃ、子供がかわいそうすぎるだろうが。なんで実家の浜松(はままつ)からおふくろさんに来てもらって、孫の面倒を見てもらわないんだよ？」

岡江が言った。

「父に狭心症の持病があるんで、母に頼るわけにはいかないんですよ。それに、わたしひとりで息子を育て上げたいんです。四年前に夫が亡くなったとき、そうしようと決めたんです」

「その心がけは立派だけど、再婚しちまったほうが楽だろ？　保科は美人なんだから、子連れでも再婚相手はいくらでもいるんじゃねえのか」

「余計なお世話ですっ」

志帆がまたもや岡江刑事を睨みつけた。岡江が肩を竦(すく)め、かたわらの同僚を見た。神崎龍平(かんざきりゅうへい)という名で、三十七、八歳だった。

「別に岡江さんの肩を持つわけではありませんが、保科は職場の男たちをなんか落ち着かなくさせるんですよ」

「どういう意味なのかな？」

波多野は神崎に問いかけた。

「保科はシングルマザーだけど、まだ三十歳で、美女ですからね。ペアで聞き込みに歩いてても、なんか仕事に集中できなくなるんですよ。だから、こっちも保科が別の課に移ってくれたほうがいいと思ってます」

「それだけの理由で保科巡査長を敬遠するのは理不尽だな」

「ええ、そう思われても仕方ないですね。だけど、女性捜査員がいると、なんか働きにくいんですよ。保科の前で、うっかり猥談をしたら、セクハラって言われちゃうでしょうから」

「どの職場にも女性は進出してる。男たちだけのほうが都合いいこともあるだろうが、そろそろ頭を切り替えないとね」

「わたしも波多野さんと同じ考えです。わたし、八王子署の生安課にいたころから、早く刑事課強行犯係になりたかったんですよ」

志帆が言った。

「保科君の遺志を引き継(つ)ぎたかったんだね？」

「さすが波多野さんですね。その通りです。亡くなった保科の分まで強行犯係の刑事として、凶悪な犯罪者たちに敢然と挑(いど)みたいんですよ」

「及ばずながら、応援したいな」

波多野は応じた。町田署の岡江と神崎が白けた表情になった。だが、波多野は意に介さなかった。

部下の名取洋貴(なとりひろたか)主任の意見を聞きながら、捜査班を地取り、敷鑑、遺留品の三班に分けた。本庁の部下と町田署の刑事を組ませた。

四十歳の名取警部補は神崎と組んだ。癖のありそうな岡江刑事は、ルーキーの石渡(いしわたり)順也(じゅんや)の相棒にさせた。石渡巡査は二十六歳だが、典型的な熱血漢だ。岡江が聞き込みに手を抜いたら、臆することなく文句を言うだろう。

「保科巡査長は、こっちと組んでもらう」

波多野は言った。志帆は少し驚いた様子だったが、黙ってうなずいた。

波多野は捜査班の各コンビに指示を与えた。各班が次々に捜査本部を出ていった。

「本庁の滝沢(たきざわ)警部補をわたしの参謀として使わせてもらいます」

町田署の安西刑事が歩み寄ってきて、波多野に告げた。滝沢進(すすむ)は三十八歳の敏腕刑事である。

「滝沢刑事を捜査本部に釘づけにしておくのは得策じゃないと思うんですよ。ぜひ現場に出してやってほしいな」

「ええ、そうするつもりでいます。情報の交通整理は、こっちひとりでこなせますんで」

「ついでに滝沢は被疑者を落とすのも上手だということもPRしておきます。彼は老刑事みたいに相手の話をじっくり聞いてから、さりげなく生い立ちを喋らせるんです。ことに母親の思い出話をさせるんですよ」

「なかなかの心理学者ですね」

「彼の父親は本庁で落としの名人と呼ばれてた刑事だったんですよ。数年前に肺癌で亡くなりましたがね」

「二代目だったのか、滝沢刑事は。親父さんから、落としのテクニックを教わったんでしょう」

「そうかもしれないが、単なる技巧派じゃないんです。滝沢は被疑者の暗い過去に心から同情して、一緒に泣いたりする。若いながらも、人情派なんですよ。時代遅れの男なのかもしれないが、彼のような刑事は嫌いじゃないな」

「波多野さんは部下思いなんだなあ。そんなふうに下の人間をよく観察してるから、チームをうまくまとめられるんでしょうね。なんだか羨ましいな。わたしの部下たちは一癖も二癖もある人間ばかりで、うまく御しきれません」

「わたしも扱いにくい部下なんでしょうね?」

志帆が安西刑事に言った。

「いや、きみは問題のある部下じゃない。保科がいてくれるだけで、強行犯係の刑事部屋はなんとなく明るくなる。貴重な存在だよ」

「それだけですか?」

「刑事としての筋も悪くない」

「そのあたりのことを岡江さんと神崎さんによく言っといてくださいよ。あの二人は、わたしをお荷物扱いしているような感じなんで」

「岡江も神崎も、女優顔負けのきみが強行犯係をやってることが信じられなくて、戸惑ってるだけだと思うがな」

「そうなんでしょうか」

「そうでないとしたら、二人とも保科に気があるんだろうね」

「どっちもノーサンキューです」

「はっきり言うね」

安西が笑いながら、自分の持ち場に戻っていった。

「われわれも聞き込みに出よう」

波多野は志帆を促し、先に捜査本部を出た。

3

覆面パトカーが走りだした。

オフブラックのスカイラインだ。ステアリングを操っているのは志帆だった。

波多野は助手席に乗り込んでいた。搭載された警察無線はオフになっている。車内は静かだった。

「被害者宅に向かいます」

志帆は捜査車輛を出入口に向けた。

町田署は旭町三丁目にある。鎌倉街道に面しているが、市の中心部の小田急線町田駅やJR横浜線町田駅からは数キロ離れている。署の並びには、町田郵便局やコカ・コーラの営業所がある。真向かいには都営住宅が建っている。高層団地だ。

「捜査本部事件で五年前に町田署に出張ったことがあるんだが、そのときの捜査員はほとんどいないな」

「そうでしょうね。街の印象も変わったんではありませんか？」

「高層マンションが増えたね。人口四十三万人のベッドタウンなんだから、当然だろうな。駅周辺はもっと賑やかになってるんだろう？」

「ええ、そうですね。〝西の歌舞伎町〟なんて呼ばれるぐらいに飲食店や風俗店が増えて、客引きの姿も目立ちます。コロナ禍で飲食店が何軒か廃業に追い込まれましたが、いまは街がだいぶ活気づいてきた感じですね」

「そう」

会話が途切れた。

小田急線町田駅周辺は、ちょっとした繁華街だ。小田急百貨店の二、三階部分が駅になっている。近くには旧大丸のモディ、マルイ、東急ツインズ、西友、ルミネ、ジョルナなどがあり、銀行やオフィスビルも多い。

小田急線町田駅とJR横浜線町田駅は連絡通路で結ばれ、雨天でも濡れる心配はない。駅前には商店や飲食店がひしめいている。ハンバーガーショップ、コンビニエンスストア、ゲームセンター、パチンコ店も多い。わざわざ新宿や渋谷まで出かけなくても、ショッピングや飲み喰いはできるわけだ。

付近の団地やマンション行きのバス路線も多い。それでいて、少し中心部から離れると、緑に恵まれている。玉川学園、東玉川学園、三輪緑山、薬師台、榛名坂、森の丘などは閑静な住宅街だ。今後も人口は増えるのではないか。

スカイラインが鎌倉街道に出た。

サン町田旭体育館の前を抜けて、菅原神社方向に進む。鎌倉街道を道なりに走れば、やがて多摩ニュータウンにぶつかる。

「翔太君と暮らしてる団地は署から近いのかな？」

「ええ、スクーターで六、七分の所に山崎団地があるんです。五十年以上も前に建てられた団地なんですけど、家賃が安いんで助かっています」

「そう。翔太君を保育園に預けてから、署に通ってるんだ？」

「はい、そうです。0歳時から子供を預かってくれて、最大で午後八時まで世話をしてもらえるんですよ。ただし、追加料金はしっかり取られます。安い俸給で遣り繰りしてるんで、安い物を選ぶようにしています」

「大変だね。翔太君は四年前は赤ん坊だったが、大きくなっただろうな」

「身長も体重も四歳児の平均をはるかに上回っています。父親が大柄でしたんでね」

「保科君は、わたしが殺したようなものだ。申し訳ないことをしたと思ってる」

「その話は、もうよしましょう。夫が亡くなって、もう四年も経ったんですから」

「しかし……」

波多野は頭の中で言葉を探した。だが、適当な台詞(せりふ)が思い浮かばなかった。

「波多野さんが保科の身を庇(かば)ってくれようとして、『退(さ)がれ！』と言ってくれたことはありがたいと思っています。でも、その結果、夫は脇道から急に走り出てきたクラウンに轢(ひ)き殺されることになってしまいました」

「どうすれば、赦(ゆる)してもらえるんだろうか」

「あっ、誤解しないでください。別にわたし、波多野さんに落ち度があったなんて暗に言ってるわけじゃないんです。保科が不運だったんですよ」

志帆が早口で言って、右のウインカーを点(つ)けた。

スカイラインは、菅原神社前の信号に差しかかっていた。

彼女は捜査車輛を右折させ、鶴川(つるかわ)街道をたどりはじめた。世田谷町田線である。直進すれば、藤(ふじ)の台団地の横を抜け、薬師台通りに達する。その先は大蔵町(おおくらまち)だ。

「わたしにできることがあったら、言ってほしいんだ。きみたち母子を不幸にしたのは、こっちなんだから」

「妙な同情は、ありがた迷惑です」

「えっ⁉」

波多野は、思わず志帆の横顔を見た。幾分、表情は硬かった。

「夫が若くして亡くなったことは不幸ですよね。だけど、それはきっと運命だったんですよ。わたし、火葬場で保科の骨を拾いながら、息子が一人前になるまで自分ひとりの手で育て上げてみせると心の中で誓いました」

「偉いな」

「そんな見方もされたくないですね。翔太は、わたしが産んだ子です。父親がいなくなったんだから、母親のわたしが育てるのは当然でしょう？　何も特別なことをしてるわけじゃありません」

「勁いんだな、きみは」

「ごく当たり前の母親ですよ。譬えはよくありませんが、翔太を育て上げるためなら、娼婦になってもいいという覚悟はできています。だから、子育てに他人や親兄弟の力は借りたくないんですよ」

「きみの気持ちはよくわかった。もう善人ぶったようなことは言わないよ」

「ええ、そうしてください」

「言い訳じみて聞こえるだろうが、保科君が亡くなってから、わたしは代々木署の交通課と本庁機捜交通捜査課から情報を集めて、逃げたクラウンの所有者を割り出そうとしたんだ。しかし、轢き逃げ犯は加害車輛に偽造ナンバーを取り付けてたんで、目的は果たせなかった」

「そうだったんですか。わたしも、個人的に轢き逃げ犯捜しをしました。首都圏の自動車修理工場に片っ端から電話をかけて、破損したクラウンの修理を頼まれてないかと訊きまくったんですよ。しかし、無駄骨を折っただけでした」

「わたしも同じことをしたんだ。しかし、轢き逃げ犯を突きとめることはできなかった。保科君が亡くなって四年が流れたわけだが、所轄の刑事課はいまも継続捜査をつづけてる。そのうち犯人は必ず捕まるよ」

「わたしも、それを願っているんですけどね」

　志帆が口を閉ざした。

二人の間に気まずい沈黙が横たわった。若くて美しい未亡人は、相棒を気遣って注意を促した波多野の親切心を疎ましく思っているのだろう。そのことをとやかく言う気にはなれなかった。

「警察は男社会ですけど、体質があまりに保守的ですね」

「そうだな。男女同権の社会なんだが、女性警察官たちは正当に評価されてないね。職場で岡江主任や神崎さんに厭がらせをされてるのかな？」

「ええ、ほぼ毎日ね。からかわれたり、侮辱的な呼ばれ方をしてます。だけど、わたしは負けません。弱腰になったら、もっと軽く見られちゃいますので。職場で先輩たちにいじめられても、わたしは絶対に尻尾は巻きません。そんなことしたら、わたしたち母子は飢え死にしちゃうわ」

「シングルマザーだからって、あまり肩肘張ってると、息切れしちゃうんじゃないのか。人生は長丁場なんだから、もっと肩の力を抜いたほうが生きやすいと思うな」

「一般論ですけど、たいていの男たちが多くの女性を軽く見てるんじゃないかしら？　特に警察社会では、どうせ女なんかにはたいした仕事はできないと思ってる人間が圧倒的に多い気がしますね」

「それは僻みなんじゃないだろうか。有能な女性警官は周囲のみんなにちゃんと評価されてると思うよ」

「わたしはまだ一人前の刑事じゃないから、岡江主任たちに軽くあしらわれてるってことなんですね？」

志帆がハンドルを捌きながら、ちらりと挑発的な眼差しを向けてきた。スカイラインは恩田川を渡り、久美堂という書店の横で赤信号に引っかかった。

「そういう意味で言ったんじゃないんだ」

「そうですか。あっ、この通りの右側が玉川学園三丁目です。被害者の寺内宅は、玉川学園前駅寄りの二丁目にあります」

「そうみたいだね。捜査資料に添えられてた自宅の全景写真を見たが、びっくりするような豪邸だったな」

「ええ、ひと際目立つ邸宅ですね。年収一千万円にも満たない司法書士が住めるような邸じゃありません。一昨日の夜に刺殺された寺内は何か後ろ暗いことをやって、しこたま儲けてたんでしょう」

「初動捜査では、友理夫人は亡夫は司法書士以外の仕事はしていなかったと言い張ってるんだね？」

「ええ。奥さんは夫の裏稼業を薄々ながらも、知ってたはずですよ。でも、そのことを警察関係者に打ち明けたら、故人の名誉が保てなくなるので、頑に……」

「多分、そうなんだろうな」

「そうにちがいありませんよ」

「きょうの通夜は、いわゆる密葬なんだね？」

「そうです。故人の親兄弟以外の弔問客は訪れないはずです。亡骸はすでに納棺されて、明日、上小山田町にある南多摩斎場で荼毘に付される予定になっているそうです」

「直葬だね」

「え？」

「葬儀をしないで、遺体をすぐに火葬することだよ。葬式に何百万円もかけることは愚かしいと考える人たちが増えてるんで、年々、直葬やワンナイトセレモニーが多くなってるそうだ」

「派手な葬式は無意味ですよね。故人の死を心から悼むのは身内や親しい友人、知人だけでしょうから」

「そうだろうな」

波多野は短い返事をした。

信号が変わった。志帆がスカイラインを発進させ、次の交差点を右に折れた。坂道の多い住宅街を走り抜けると、玉川学園二丁目に達した。

「以前、このあたりは敷地の広い邸宅ばかりだったらしいんですよ。でも、いまは小さな建売住宅や低層マンションが飛び飛びに並んで、高級住宅街のイメージがなくなってしまったそうです」

「そう。それでも、ところどころに豪邸が見えるな」

「次の四つ角を左に曲がると、寺内邸があります」

「そう。事件通報者の同業者は芳賀正則、四十六歳だったね？」

「そうです。芳賀司法書士事務所は寺内の事務所のすぐ近くにあるんですけど、自宅は横浜市青葉区すみよし台にあります」

「確認しておきたいんだが、その芳賀と被害者との間に何もトラブルはなかったんだね？」

「ええ。これまでの調べで、事件通報者と寺内は同業で年齢も近いこともあって、親しくしてたことが地取り捜査でわかっています。二人は月に二、三度、原町田六丁目にある老舗クラブ『円舞』で飲んでいたようです。その店は、駅前交番の近くにあるんですよ」

「勘定はどうだったんだろう？」

「いつも寺内がカードで支払いをしていたようです」

「年収一千万円にも満たない司法書士がよくクラブになんか通えるな。芳賀は寺内に裏収入があることを知ってて、空とぼけてるんじゃないだろうか」

「そうなのかもしれませんね。未亡人に再聞き込みをしてから、芳賀の事務所に回ってみましょうか？」

「そうしよう」

「了解！」

志帆が覆面パトカーを左折させた。

目的の被害者宅は五軒目の左側にあった。まさしく豪邸だった。

相棒がスカイラインを寺内宅の石塀に寄せる。まだ午後四時前だったが、陽は沈みかけていた。夕闇が拡がりはじめている。波多野たちは捜査車輛を降り、立派な門扉の前に立った。青銅の鉄扉だった。志帆がインターフォンを鳴らす。

ややあって、男の声で応答があった。友理夫人の実兄だった。志帆が素性を明かし、来意も告げた。

「リモコンで門のロックを解除しますので、ポーチまでいらしてください」

故人の妻の兄の声が熄んだ。

波多野たち二人は門扉を潜り、石畳のアプローチを進んだ。ポーチに上がったとき、玄関のドアが開けられた。

応接に現われたのは、黒っぽい背広姿の四十八、九歳の男だった。

「ご苦労さまです。わたし、友理の兄の能塚久利です。家電メーカーに勤めています」

故人の義兄が勤務先を明かした。

波多野たち二人は、ＦＢＩ型の警察手帳を見せた。顔写真付きだった。

「お取り込み中に恐縮ですが、改めて寺内さんの奥さまとお嬢さまのお二人から話をうかがわせてほしいんですよ。お取り次ぎ願えませんでしょうか？」

志帆が能塚に頼んだ。

「妹も姪も悲しみにくれていますので、できるだけ短い時間で……」

「それでも結構です」

「わかりました。どうぞお入りください」

能塚に導かれて、波多野たちは玄関ホールの左手にある洋室に入った。十二畳ほどの広さで、ソファセットが置かれている。

「二人を呼んできますので、お掛けになってお待ちください」

被害者の義兄がそう言い、あたふたと部屋を出ていった。スリッパの音が遠ざかった。

波多野たちは並んで椅子に腰かけた。布張りのソファだった。

「殺人現場は玄関ホールの向こう側にある応接間です」

志帆が小声で言った。

「殺人現場を覗かせてもらいたいところだが、さすがに気が引けるな。やめておこう。

きみは、ちゃんと臨場したんだね？」

「はい、現場検証に立ち合いました。本庁に届けた初動捜査資料に抜けはないはずです。改めて犯行現場を直にチェックされなくても、別段、支障はないと思います」

「そうだろうな」

「家具や調度品も値が張りそうな物ばかりですね。被害者の裏収入は年に一億円以上あったんじゃないのかな？」

「そうなのかもしれない」

波多野は口を結んだ。

それから間もなく、未亡人の友理と娘の沙希がやってきた。どちらも黒いスーツに身を包んでいた。波多野たちはソファから立ち上がって、型通りの挨拶をした。友理と沙希がか細い声で名乗り、向かい合う位置に坐った。泣き腫らした目が痛々しい。

「別班の聞き込みによりますと、ご主人が何かで揉め事を起こしたことはなかったという話でしたよね？」

志帆が未亡人に話しかけた。

「ええ、その通りです」

「そうですか。お宅に脅迫電話がかかってきたり、脅迫状が届いたこともないんですよね？」

「はい」

「不審人物がお宅をうかがってた気配は？」

「そういうことも一度もありませんでした」

「奥さまが妙な男に尾行されたようなこともなかったんでしょうか？」

「ええ、ありませんでした。あなたはどうなの？」

友理が娘の横顔を見た。

「わたしも、そういう目に遭ったことはありません」

「そう。お父さまが何かに怯えた様子を見せたことは？」

志帆がくだけた口調で寺内のひとり娘に訊いた。

「怯えた様子は見せませんでしたけど、父は一カ月ぐらい前から就寝前に必ず二台の防犯カメラがちゃんと作動してるか自分で確認するようになりました。それから、ドアや窓の内錠のチェックもしてましたね」

「お父さんは身に危険が迫るかもしれないと警戒していたみたいね」

「そうだったんだと思います。こんなことになるんだったら、ホームセキュリティーを強化すべきだったんだわ。そうしていれば、父は殺されずに済んだかもしれないのに」

沙希がうつむき、涙ぐんだ。

「娘さんは、もう結構です」

波多野は口を挟んだ。未亡人が沙希をソファから立ち上がらせ、部屋の外に連れ出した。じきに友理は戻ってきて、志帆の前に坐った。

「失礼ながら、町田税務署でご主人の過去六年間の確定申告書を調べさせてもらいました」

志帆が未亡人に言った。

「そうですか」

「寺内さんは司法書士の事務所を開かれてから、こちらのご自宅を二億二千万円で購入されていますね？」

「は、はい」

「これだけの不動産をローンなしで購入できることがどうも不思議でならないんですよ」

「主人は五年前のサマージャンボ宝くじで、特賞と前後賞を射止めたらしいんです。二億円に手持ちの貯えをプラスして、この家を即金で買ったんですよ。以前に住んでいた足立のマンションの売却益が一千数百万円ありましたので」

「奥さん、すぐにバレるような嘘をついても意味ありませんよ。本当のことを話してもらえませんか」

波多野は会話に加わった。

「わたし、嘘なんかついていません」

「ジャンボ宝くじを発行している銀行に問い合わせれば、十万円以上の当選くじを当てた者の氏名と現住所はすべてわかるんですよ」

「そ、そうなんですか⁉」

「無駄な手間は取らせないでほしいな。サマージャンボの特賞と前後賞を当てたという話は、事実ではないんでしょ？」

「ご、ごめんなさい」

「寺内さんは司法書士のほかに何か別のビジネスをしてたんでしょう？」

「ええ、多分。でも、主人は副業のことは詳しく教えてくれなかったんです。他人名義で合法的なビジネスをしているというだけで、具体的なことは話してくれなかったんですよ」

「今度こそ本当の話なんですね？」

「ええ。わたしは毎月二百万円を生活費として渡され、それで家計を賄っていただけなんです。検察事務官のころから、財布は主人が握ってたんですよ。ですから、わたしは別のビジネスでどのくらい稼いでいたのか、まったく知らなかったんです。預金額もね。嘘ではありません。どうか信じてください」

未亡人は縋るような目を向けてきた。

「信じましょう。寺内さんは、事件通報者の芳賀さんとだいぶ親しかったようですね?」

「ええ。芳賀さんも実家があまり豊かではなかったので、大学は二部だったんですよ。夫も同じ夜間大学出で職業も一緒なんで、気を許してたんだと思います」

「その芳賀さんなら、亡くなったご主人の副業のことも知ってるかもしれませんね」

「芳賀さんなら、ひょっとして……」

「奥さんは、なぜ芳賀さんに夫のサイドビジネスのことを訊いてみなかったんです?」

「わたし、怖かったんです」

「怖かった?」

「ええ、そうなの。主人は、この家と土地を一括払いで購入したんです。六年前まで検察事務官をやってた主人が何か危ない橋を渡って巨額を手に入れたのかもしれないと思ってたんで。だけど、それを確かめるのが恐ろしかったんですよ。それに、夢のようなリッチな暮らしにも未練がありましたしね」

「なるほど」

「わたしは平凡なサラリーマン家庭で育ちましたので、主人と同じように贅沢（ぜいたく）な暮らしには強く憧れていました。お恥ずかしい話ですけどね」

「その気持ちはわかりますよ。こっちも、千駄木の職人の家で育ちましたんでね。物質的な豊かさに恵まれた連中を羨（うらや）んだこともありました。しかし、リッチになったからって、必ずしも心の充足感まで得られるわけではないでしょう？」

「その通りなのですけど、優雅な生活は優越感をくすぐってくれますでしょ？　なかなか棄（す）てる気になれなくてね」

「そのあたりが人間の弱さなんだろうな。どうもお邪魔しました」

波多野は相棒の美人刑事に目配せして、ソファから腰を浮かせた。

4

背後で靴音が響いた。

寺内邸を辞した直後だった。波多野は立ち止まり、振り返った。相棒の志帆が倣（なら）う。

「ちょっとお話がありましてね」

故人の義兄がどちらにともなく切り出した。能塚は寺内宅のポーチを気にしている様子だった。

「妹さんには聞かれたくない話があるんですね？」

波多野は問いかけた。

能塚が無言でうなずいた。波多野は能塚を覆面パトカーの後部坐席に乗せ、そのかたわらに坐った。志帆は運転席に入った。

夕闇が濃い。友理未亡人の目に触れる心配はないだろう。

「義弟は何か危ない橋を渡ってたんだと思います。司法書士だけの収入では、とてもリッチな生活はできません。隆幸君はわたしにロレックスの腕時計や高級ゴルフクラブセットトばかりではなく、レクサスの新車もプレゼントしてくれたんですよ。妹には内緒でね」

能塚が言った。

「内緒でですか。どういうことなんでしょうね。心当たりがあります？」

「ええ。去年の九月のことでした。わたし、六本木の有名レストランで得意先の接待をしてたんですが、店の個室席から隆幸君が三十歳前後の女性と出てきたんですよ。二人は、ひと目で親密な間柄だとわかりました。隆幸君はわたしの姿に気づくと、明らかにうろたえました。それで、連れの女性とそそくさと店を出ていったんです」

「その連れは、寺内さんの不倫相手なんでしょうか？」

「ええ、多分ね。隆幸君は口止め料のつもりで、わたしに高価なプレゼントをしてくれたにちがいありません。わたしは妹の友理に後ろめたさを感じながらも、腕時計やクラブセットを突き返すことができませんでした。レクサスまで買ってもらったときは妹のことを考えて、さすがに悩みましたけどね。しかし、物欲に負けてしまったんですよ。駄目な兄です」

「寺内さんは、連れの女性についてはどう言ってたんです？」

　波多野は訊いた。

「行きつけの会員制クラブのチーママと食事をしてただけだと言い訳しましたが、彼女は愛人だったんでしょう」

「そう考えてもよさそうですね」

「隆幸君は検察事務官時代に東京地検特捜部のエリート検事に小間使いみたいに扱(こ)き使われたことで自尊心をずたずたにされたようで、男は権力か財力を握らなければ、惨(みじ)めな人生で終わってしまうと酔うたびにわたしに言っていました」

「検察事務官をやってたころ、よっぽど悔しい思いをさせられたんだろうな」

「そのあたりのことは多くを語りたがりませんでしたが、ちょっとしたミスをねちねちと咎められ、担当検事に土下坐させられて、靴で背中を押さえられたこともあったようです」

「ひどい話ね。その検事の名前は？」

志帆が怒気を含んだ声で、能塚に問いかけた。

「隆幸君が仕えていた検事の氏名まではわかりません。そんなふうな扱いを受けてきたんで、隆幸君は何とか憎らしいエリート検事をひざまずかせたくなったんでしょう。それで司法書士になる前か直後に何かダーティーな手段で、荒稼ぎするようになったんだと思います」

「ちょっと待ってください。仮に被害者の寺内さんが何か非合法ビジネスで巨額を手に入れたとしても、高慢な特捜部検事に仕返しはできないでしょ？」

「そうか、そうでしょうね。何十億円を手にしても、隆幸君が金の力で恨みのある検事を退官に追い込むことはできないな。隆幸君はリッチになって、金銭的な優越感を味わいたかっただけなんでしょうか？」

「寺内さんは金の力ではなく、別の方法で恨みのある特捜部検事を陥れたのかもしれませんよ。そして、ついでに何か反則技を使って、誰かから巨額を脅し取った可能性もありそうですね」

波多野は能塚に言った。

「そうなんでしょうか。とにかく隆幸君は何か危いことをして、億単位の裏収入を得てたんだと思います。刑事さん、隆幸君の犯罪が明らかになったら、マスコミ発表する前に妹かわたしにこっそりと教えてほしいんですよ」

「どういうことなんです？　寺内さんの裏の顔が新聞やテレビですっぱ抜かれる前に妹さん夫婦が離婚してたってことにするおつもりなんですか、市役所の職員を抱き込んで」

「それが可能なら、そうしたいですね。隆幸君が殺害される前に妹夫婦はすでに離婚してたということにすれば、世間の見方も違ってくるでしょう。妹も姪もあまり白眼視されないでしょうし、むしろ世間の同情を集めることになるかもしれません。それから、わたしも会社に辞表を出さなくても済むでしょう」

能塚が真顔で喋った。すると、志帆が棘々しい言葉を吐いた。

「あなたは狡い人間ね。寺内さんから高価なプレゼントをいろいろ貰っといて、今度は妹さんの味方になるんですかっ。節操がないわね。最低です」

「そこまで言うことはないでしょ！　隆幸君は他人だが、妹や姪とは血が繋がってるんだ。庇ってやりたくなるのが人情でしょうが」

「身勝手な論理ね。そこまで妹さんのことを思っているんだったら、被害者から口止め料代わりの高価なプレゼントは貰うべきじゃなかったんじゃない？」

「きみは何様のつもりなんだっ」

能塚が語気を荒らげた。波多野は相棒を目顔で窘め、被害者の義兄に語りかけた。

「気を鎮めてください。客観的に言って、あなたのお考えは少し利己的ですね。それはそれとして、寺内さんはお嬢さんの証言だと、怯えてたらしいんですよ。そのあたりのことで、何か思い当たることはありませんか？」

「一月の半ばごろに暴力団の組員っぽい男の影がちらつくようになってたようです」

「そいつのことをできるだけ詳しく教えてください」

「隆幸君は具体的なことは言わなかったんですよ。でも、だいぶ怯えてるみたいでしたね。それで、プロの格闘家崩れでもボディガードに雇うかななんて洩らしてました。その前に殺されてしまったわけですが……」

「事件現場の応接間にはダイヤのピアスが片方だけ落ちてたんですが、寺内さんが愛人と感情の縺れを起こしてた気配は感じ取れませんでした？」

「そういう話はまったく聞いてません」

「そうですか」

「刑事さん、さっきお願いした件ですが、なんとか力を貸してもらえませんかね」

「協力はできません」

「まいったなあ」

能塚が唸りながら、スカイラインから降りた。志帆が能塚の後ろ姿に目を当てながら、蔑むように言った。

「あいつみたいに要領よく生きてる奴を見ると、わたし、殴りつけたくなるんですよ」

「過激だな」

「エゴイズム剝き出しの時代になったからって、あれじゃ情けないわ。どんなに生きにくい時代でも、男なら、自分の行動哲学を持つべきですよ。うん、女もちゃんと軸の定まった生き方をすべきだわ」

「そうだね」

「最近は、漢と呼べるような好漢がめっきり少なくなりました。若い女性の結婚願望が低くなったのは、男たちの経済力がなくなったせいばかりじゃないんだと思います。頼もしい男性がいなくなったんですよ」

「耳が痛いな。こっちはバツイチの四十代だから、それほどショックは受けないが」

「波多野さんは、好漢だと思います。人生百年の時代なんですから、再婚なされればいいんですよ」

「もう結婚は懲り懲りだ。さて、事件通報者の芳賀正則の事務所に回るか」

波多野はリアシートから助手席に移った。

志帆が捜査車輛をスタートさせた。玉川学園一丁目、南大谷、中町三丁目を通過し、町田街道を突っ切る。町田街道沿いには、旧町田市役所跡地がある。シバヒロと呼ばれるイベント場になっていた。

保健所の裏手に回ると、芳賀司法書士事務所の袖看板が見えた。雑居ビルの一階だった。住所は中町一丁目だ。五、六十メートル先には、寺内司法書士事務所があった。シャッターが下りている。

志帆がスカイラインを路肩に寄せた。芳賀司法書士事務所の斜め前だった。

波多野たちは相前後して覆面パトカーを降りた。

電灯の点いた芳賀司法書士事務所に足を踏み入れる。左手にスチールデスクが二卓並び、右手に古ぼけた応接ソファセットが置かれていた。四十代半ばと思われる男が机に向かっている。ほかには誰もいない。

「芳賀正則さんですね？」

志帆が警察手帳を見せ、相手に確認した。

「ええ、そうです。町田署の方でしょ？」

「わたしはね。刑事課強行犯係の保科です」

「お連れの方は？」

「本庁捜査一課の波多野警部です。町田署に一昨日の事件の捜査本部が設置されたんですよ」

「そうなんですか」

芳賀が書類をまとめて、机の端に置いた。

波多野は名乗り、再聞き込みに協力してほしいと頼み込んだ。

「殺された寺内さんには何かと世話になりましたので、協力は惜しみませんよ。そちらで話をしましょうか」

芳賀が机から離れ、先に波多野たち二人をソファに腰かけさせた。それから彼は、波多野の前に坐った。

「インスタントコーヒーでもよければ、淹れますよ」

「どうかお構いなく。早速ですが、事件当夜のことをうかがいます。初動捜査によると、一昨日の午後十一時五分前に被害者宅を車で訪れたんでしたね？」

　波多野は芳賀に確かめた。

「ええ、そうなんですよ。一昨日の朝、奥さんと娘さんが京都に出かけたと聞いてたんで、寺内さんが退屈してるだろうと思って、スマホに何回も電話したんですよ。電源は切られてないのに、寺内さんが電話に出なかったんです。それで心配になって青葉区の自宅から車を飛ばし、お宅にうかがったわけなんです」

「家の中に入った瞬間、香水か化粧の匂いはしませんでした？」

「別の刑事さんにも同じことを訊かれましたが、血臭が強くて……」

「ほかの臭気は嗅ぎ取れなかったわけですね？」

「応接間を覗いたとき、ちょっと火薬臭かったな。しかし、香水なんかの匂いはしませんでした。犯人は女連れだったかもしれないという話でしたけどね」

　芳賀が言って、眼鏡のフレームをこころもち持ち上げた。下脹れで、髭の剃り痕が濃い。

「そうですか」

「犯人は消音型拳銃を持ってたんですから、プロの殺し屋か何かなんでしょ？　そいつは誰かに雇われて、寺内さんを殺ったんじゃないのかな。撃ち殺さずにナイフを使った理由はわかりませんけど。あっ、もしかしたら、ピストルをぶっ放した奴と殺人犯は別人なのかもしれませんね」

「頭髪など遺留品から考えて、壁に銃弾を撃ち込んだ者が寺内さんを刺殺したようなんですよ」

「そうなんですか」

「芳賀さんは、被害者が何かで別収入をたっぷり得てたことはご存じだったんでしょ？」

「寺内さんが何か副業でかなり稼いでる様子だったことはわかってました。ですが、どんなビジネスでがっぽり儲けてたかは知りませんでした。副業のことを訊くことはなんかためらわれたんでね」

「それは、寺内さんが疚(やま)しいことをやってるんじゃないかと思ったからなんでしょ？」

「ええ、まあ。寺内さんは金遣(づか)いが粗(あら)かったんですよ。それこそ、湯水のように金を遣っていました。まともに働いて得たお金なら、そんなふうには散財(さんざい)しないでしょ？」

「そうでしょうね」

「だから、わたし、寺内さんは裏ビジネスでかなり危(ヤバ)いことをやってるんじゃないかとは思ってたんですよ。ですが、いつも奢(おご)ってもらってたんで、副収入のことは話題にできなかったわけです」

「あなたも、大学は二部だったとか？」

「ええ、そうです。わたしは長野の農家の三男なんですよ。田舎のことですから、長男は親に大学まで行かせてもらいました。しかし、次男と三男のわたしは昼間働きながら、大学の二部に通ったんです。寺内さんも似たような青春時代を送ったんで、何かと話が合ったんですよ」

「仕事も同じですしね」

「そうなんです。わたしは小心者ですので、危ない橋を渡るだけの度胸はありません。ですので、地道に司法書士の仕事だけをやっているわけですよ」

「金を握った男たちの多くは、女遊びに走ります。寺内さんには、三十歳前後の愛人がいたようなんですよ。その女性のことを何か聞いてませんか？」

「面倒を見てる女性がいるんだろうとは感じていましたが、詳しいことはわかりません」

「芳賀さんは寺内さんと月に二、三回、町田の老舗クラブ『円舞（ワルツ）』に飲みに行ってたんでしょ？」

志帆が会話に割り込んだ。

「ええ」

「『円舞(ワルツ)』は町田で最も老舗(しにせ)の高級クラブで、魅力的なホステスを揃えてると聞いてます。『円舞(ワルツ)』の人気ホステスの誰かを寺内さんが愛人にしてたとは考えられませんかね？」

「寺内さんは銀座や赤坂の高級クラブの常連客みたいだったから、地元のクラブでは純粋に遊びに徹してましたよ。お気に入りの娘(こ)は何人かいたようですが、アフターに誘っても、口説(くど)くようなことはありませんでした。ホステスたちに高級鮨店『久須木(くすき)』で鮑(あわび)やイクラをたらふく喰(く)わせて、それぞれに三万円の車代を渡してました」

「つまり、地元ではスマートな遊び方をしてたってことですね」

「ええ、そうです。町田のクラブホステスにちょっかいを出すような野暮な遊びはしてませんでしたよ。寺内さんは、ちょっと粋人(すいじん)を気取ってましたんでね」

「それでも、たっぷりお金を持ってる男性なわけですから……」

「そうですね。寺内さんは夜の銀座か赤坂で働いてた女性を彼女にしてたんじゃないのかな」

芳賀が、またもや眼鏡をずり上げた。

「寺内さんは町田で飲むときはホステスに夜食を奢った後、玉川学園の自宅にタクシーで帰ってたんですか？」

「いいえ、違います。いつも仕上げの酒は、『久須木』の並びにある藤川ビルの地下一階にあるジャズバーで飲んでましたよ」

「そのお店の名は？」

「確か『コルトレーン』だったな。わたしは一度も入ったことがないんですが、大人が寛げる酒場だそうですよ」

「そうですか」

「寺内さんは陽気な飲み方をしてましたが、心は孤独だったのかもしれません。何か心に闇を抱えてたんじゃないのかな」

「心に闇を抱えてた？」

　波多野は訊き返した。

「そういう表現が正しいのかどうかわかりませんが、寺内さんは検察事務官時代に仕えてた特捜部検事にたびたび屈辱的な思いをさせられて、いつか必ず仕返しをしてやると毎日、胸の中で吼えつづけて生きてきたようなんですよ」

「そうですか」

「独り酒を飲んでたジャズバーのマスターあたりには、内面のどす黒い情念を酔って問わず語りに吐露（とろ）してたかもしれないな」

「そのジャズバーのほかに、被害者が独りで飲みに行ってた酒場はないんですか？」

「『円舞（ワルツ）』と同じ飯倉（いいぐら）ビルの四階にある『夕顔』ってスナックには、時たま行ってたようですよ。その店のオーナーは昔、『円舞（ワルツ）』のママをやってた気性（きしょう）のさっぱりした女性で、どんな客にも分け隔（へだ）てなく接することで知られてて、誰からも慕（した）われてるらしいんです。留美（るみ）って名だったかな。ジャズバーと名物ママのいるスナックに行けば、何か手がかりを得られるかもしれませんね。この時刻じゃ、まだどちらも営業はしてないでしょうが」

「夜になったら、行ってみるか」

「芳賀さん、ご協力に感謝します」

志帆が謝意を表し、優美に立ち上がった。茶系のパンツスーツ姿だが、なんとも女っぽい。

未亡人になっても、身だしなみには充分に気を配っているようだ。だからこそ、職場の同僚刑事たちは志帆の存在が気になって仕方がないのだろう。

波多野たちは表に出た。

「酒場で聞き込みをするには、ちょっと時間が早すぎますね。どこかで先に夕食を済ませちゃいます？」

　志帆が路上で言った。

「わたしは、まだそれほど腹は空いてないな。きみは？」

「ええ、わたしもです。それじゃ、コーヒーでも飲みましょうか？」

「そうだね。いつも夕飯は翔太君と一緒に摂ってるんだろう？」

「捜査本部が立つまでは、なるべく一緒に食事をするようにしていました。でも、きょうからは保育園で夕食を摂るよう言ってあるんです。きょうの分の調理パンは翔太を送りに行ったときに渡してあるんですよ」

「なるべく自宅で息子さんと一緒に夕食を食べたほうがいいな。きみとペアで聞き込みをしたことにして、わたしひとりで午後八時過ぎにでも、ジャズバーと名物ママのいるスナックに行ってみるよ。そっちは適当な時間に自宅に帰ったら？」

「子育て中だからって、わたしを甘やかさないでください。わたし、一日も早く一人前の強行犯係刑事になりたいんです。翔太に寂しい思いをさせるのは辛いですけど、わたしがいっぱしの刑事にならなければ、息子を大学卒業まで面倒みられなくなっちゃいますんで」

「母親は逞しいね」

「女は勁いですよ。駅前にコーヒーのおいしい喫茶店があるんですけど、あいにく駐車場がないんです。森野五丁目にあるファミレスでもかまいません?」

「ああ、どこでもかまわないよ」

二人はスカイラインに乗り込んだ。

志帆が捜査車輛を走らせはじめた。旧市役所第二庁舎跡地の脇を抜けて、裏通りから町田駅前通りに出る。バスターミナルのある方向とは反対に進み、市民ホールの前を通過して、森野交差点を渡る。

森野五丁目のバス停の先にファミリーレストラン『ジョナサン』があった。進行方向の左側だ。

志帆が店の専用駐車場にスカイラインを駐めた。二人は店に入り、窓際の席についた。どちらもホットコーヒーを選んだ。

波多野は志帆に断って、メビウスをくわえた。

「ここは値段が安いから、主婦グループと若い子たちが多いんですよ。なんか場違いな所に紛れ込んでしまったようで、少し落ち着かないわ」

「きみは、まだ若いじゃないか。こっちは完全におっさんだから、さすがに居心地はあまりよくないな」

「コーヒーを飲んだら、別の店に移りましょうか」

「それも面倒だね。図太く居坐ろう」

「波多野さんがそれでいいなら、わたしのほうはいっこうに平気です。なにしろ女は勁くて逞しい生き物ですから」

志帆が微笑した。再会した瞬間よりは、だいぶ打ち解けた様子だ。それでも、ぎこちなさは尾を曳いていた。

「翔太君は、ほとんど保科君のことは憶えてないんだろうな。父親が亡くなったのは、一歳未満だったわけだからね」

「ええ。でも、保科のアルバムの写真を数えきれないほど翔太に見せてきましたんで、父親のイメージはすっかり頭に刻みつけたようです」

「そう。腕白なのかな」

「ええ、かなりね。五つや六つの男の子にからかわれたりすると、すぐにタックルしちゃうんですよ。その後は組み伏せられることが多いんですけど、絶対に泣いたりしないんです」

「それは将来が頼もしいじゃないか」

「とんでもない悪ガキになるんじゃないかとちょっぴり心配なんです」

「保科君の倅（せがれ）なんだから、まっすぐに生きるさ」

「だといいんですけどね」

「父親役もこなさなきゃならないんだろうから、きみも大変だな」

「ええ、ちょっとね。保育園の父親参観日のときは、翔太がかわいそうでした。保科の代わりにわたしが参加したんですよ。息子は終始、うつむいてました」

「すまない」

波多野は詫びて、喫（す）いさしの煙草の火を消した。

「あのときは正直言って、波多野さんを少し恨みました。でも、一種の逆恨（さかうら）みなんですよね」

「こっちの注意力が散漫だったんで、きみたち母子に恨まれても仕方ないよ」

「話題を変えましょう」

志帆が早口で言った。しかし、そのまま黙り込んでしまった。

波多野はコーヒーをブラックで啜（すす）った。心なしか、ひどく苦く感じられた。コーヒーカップを受け皿に戻したとき、志帆の上着の内ポケットでスマートフォンが着信音を発した。

「私用の電話です。ちょっと失礼しますね」

志帆がスマートフォンを耳に当てながら、テーブル席から離れた。波多野はコップの水で喉を潤した。

ほどなく相棒の美人刑事が席に戻ってきた。心配顔になっていた。

「保育園で翔太君が怪我でもしたのかな？」

「風邪をひいたのか、三十八度以上の熱が出たらしいんですよ」

「それは心配だね。すぐ翔太君を引き取って、病院に連れてってやりなさい」

「解熱剤を服ませてくれって保育士さんに頼みましたんで、じきに熱は下がると思います」

「まだ幼い子供なんだから、とにかく帰ったほうがいいな」

「でも、わたしは職務中ですので」

志帆が自分に言い聞かせるように言って、コーヒーカップに口をつけた。落ち着かない風情で腕時計にちょくちょく目をやり、吐息を洩らす。

「保科巡査長、息子を迎えに行け。これは捜査班の班長としての命令だ」

「せっかくですが、わたしは任務を遂行したいんです」

「ママさん刑事がいなくても、おれはちゃんと後の聞き込みをする。いいから、覆面パトでいったん署に戻って、保育園に急げ！　きみがいないと、おれが満足に聞き込みもできないと思ってるのかっ」

波多野は、わざと乱暴な言い方をした。

「そんな意味で、職務をこなしたいと言ったわけじゃありません」

「だったら、こっちの命令に従ってくれ」

「ご厚意に甘えるわけにはいきません」

「巡査長が警部のおれの指示に従えないだと⁉　ちょっと美人だからって、つけ上がるんじゃない。さっさと帰れ！」

「いいえ、それはできません」

「こっちの命令にとことん逆らう気なら、捜査班から外すことになるぞ。それでもいいのか？」

「それは困ります」

「なら、とにかく翔太君を迎えに行くんだ。いいな？」

「………」

「黙ってないで、何とか答えろ！」

「わかりました。今回は波多野さんのお気遣いに甘えさせてもらいます。ですけど、今後このような配慮は無用です」

「三十路に入ったばかりの女があんまり突っ張るな」

「わたしは子持ちです。娘っ子じゃありません」

志帆が言い返した。

「四十三のおれから見たら、保科巡査長は危なっかしいんだよ」

「いちいち職階を付けて呼ぶ必要はないんではありませんか。保科で充分だと思います」

「ぶつくさ言ってないで、早く帰れ。コーヒー代は捜査経費で落とすから、急いで翔太君を迎えに行くんだ」

波多野は言って、腕を組んだ。

志帆が立ち上がり、無言で出入口に足を向けた。一方的な命令に不服そうだった。荒っぽい追っ払い方だったが、そうでもしないことには志帆は腰を上げなかっただろう。

波多野は腕組みをほどいて、卓上の煙草とライターを摑み上げた。

第二章　降格された鬼検事

1

焼酎のロックを飲み干す。

三杯目だった。波多野は、旬菜活魚店『満月』のカウンターに向かっていた。山田フォルム第一ビルという建物の地下一階である。

午後八時過ぎだった。森野五丁目のファミリーレストランを出ると、町田駅までのんびりと歩いた。駅周辺を散策し、小一時間前にこの店に入ったのである。

カウンターは出入口の左手にあり、背後には巨大な水槽が置かれていた。

さまざまな海水魚が泳いでいる。底には伊勢海老や鮑がへばりついていた。

店内は割に広い。テーブル席が十卓近く並び、客でほぼ埋まっていた。だが、カウンターの客は波多野だけだった。駿河湾の魚介類や地場野菜を使った酒肴が多いようだ。

「芋焼酎のロック、お作りしましょうか？」

カウンターの向こうで、三十八、九歳の捩り鉢巻きをした男がにこやかに問いかけてきた。店長だろう。いなせな感じだ。

「もう一杯飲みたいところだが、やめておこう。まだ仕事中なんでね」

「そうですか。お客さまが召し上がられた芋焼酎、いかがでした？　小さな蔵元から取り寄せた銘柄なんですが……」

「うまかったよ。駿河湾で獲れたというカワハギの肝和えとカイワリの刺身、それから鮑の酒蒸しもうまかった。しめは鯛茶漬けにしよう」

「はい。失礼ですが、お客さまは東京の下町育ちではありませんか？」

「その通りだよ。千駄木で生まれ育ったんだ。死んだ親父は、頑固な指し物師でね」

「やっぱり、そうでしたか」

「大将も東京っ子なんだな？」

「ええ、新宿育ちです。いまでこそ新宿の西口は高層ビル街になってますが、かつて十二社通りから中野側は下町風情が色濃く残ってたんですよ。少なくとも、わたしがガキのころまではね」

「でも、大将の年齢(とし)なら、コッペパンは知らないだろうな」

「知ってますよ。コロッケパンもよく喰(く)いました。食パンの耳を揚げたやつもね」

「そう。東京の下町っ子はガキの時分(じぶん)に、ばっちいものを〝えんがちょ〟なんて言ってたんだが、わかるかい?」

「ええ、わかりますよ。えんがちょ、鍵閉(かぎし)めた——でしょ?」

「そうそう! しかし、さすがに紙芝居は知らないだろうな?」

「かすかに記憶に残っています」

「そうか。久しぶりにノスタルジックな気分を味わえたよ」

「町田にお住まいですか?」

「いや、目黒区の鷹番(たかばん)に住んでるんだ。賃貸マンション暮らしなんだがね。町田には仕事で来たんだよ」

波多野は笑顔で答えた。

「よかったら、また立ち寄ってください」

「大将が店のオーナーなのかな?」

「いいえ、オーナーではありません。この店の切り盛りを任されているだけです。申し遅れましたが、村田(むらた)と言います」

「こっちは波多野だよ」

「よろしくお願いします。それ以上の詮索は野暮になりますんで、やめておきます。すぐに鯛茶を作りますね」

村田と名乗った店長が厨房の奥に消えた。

波多野はメビウスに火を点けた。ふた口ほど喫ったとき、上着の内ポケットで刑事用携帯電話が震動した。店に入る前にマナーモードに切り替えておいたのだ。ポリスモードは五人との同時通話ができる。もちろん、写真や動画の送受信も可能だ。

発信者は保科志帆だった。

「翔太君の熱は？」

波多野は先に喋った。

「おかげさまで、解熱剤が効いたようです。三十七度以下に下がって、いまは自宅で眠っています」

「それはよかった」

「いまは、どこにいらっしゃるんです？　わたし、これから合流します」

「何を言ってるんだっ。まだ翔太君は平熱になったわけじゃないんだから、そばにいてやらなきゃ駄目だよ」

「でも、職を怠ることはできませんので」

「仕事熱心もいいが、いまは母親としての務めが先だな。そうだろう？」

「ですけど……」

志帆は迷っている様子だった。波多野は通話を切り上げ、灰皿で燃えくすぶっているメビウスの火を急いで消した。

それから間もなく、鯛茶漬けが運ばれてきた。波多野は村田に礼を言い、鯛茶漬けを掻き込みはじめた。

ほんの数分で、食べ終えた。

「そのうち、また寄らせてもらうよ」

波多野は勘定を支払って、村田に見送られて店を後にした。階段をゆっくりと上がり、外に出る。

少しも酔っていなかった。もともと波多野はアルコールに強い。職務中は飲酒を禁じられている。しかし、波多野はしばしば夕食時に酒を飲んでいた。

刑事だからといって、法律やモラルに縛られた生き方はしていなかった。また、波多野は犯罪そのものは憎んでいるが、罪人には決して冷淡ではなかった。人間は弱い。さまざまな理由で、犯罪に手を染めてしまうことがある。前科者になっても、それで人生は終わりではない。本気で更生する気持ちがあれば、生き直せるだろう。波多野はそう考えている。

寒風に吹かれながら、裏通りを歩く。ほぼ正面に藤川ビルがあった。一階は郵便局になっている。

ジャズバー『コルトレーン』は、藤川ビルの地下一階にあった。しかし、まだ営業前だった。シャッターが下りている。

波多野は藤川ビルを出て、小田急線町田駅方面に歩く。七、八十メートル進むと、コンビニエンスストア『セブン-イレブン』が見えてきた。飯倉ビルの一階だった。

そのすぐ横に老舗クラブ『円舞(ワルツ)』に通じる昇降口があった。クラブは飯倉ビルの地下一階にある。

波多野はエレベーターで四階に上がった。

スナック『夕顔』の扉を引く。さほど店内は広くない。ほぼ正面に七、八人用のボックス席が置かれ、右側にL字形のカウンターが伸びている。スツールは七、八脚だった。

カウンターには一組のカップルが向かっていた。

男は三十七、八歳で、髪を短く刈り込んでいる。その横顔は、売り出し中の国際派俳優に似ていた。なんとブランデーグラスの中身は焼酎だった。遊び心があるのだろう。

連れの女性は二十代の後半だろうか。どこか明るい印象を与える。顔立ちも悪くない。

「いらっしゃいませ」

カウンターの向こうにいる彫りの深い面立ちの四十歳前後の男が言った。どこか知的だ。

「ママは？」

「もう間もなく店に現われると思います」

「それじゃ、軽く飲りながら、ママを待たせてもらおう」

波多野はカウンターの端に落ち着き、ビールを注文した。マスクの整ったカウンターマンが手早く突き出しの小鉢とビアグラスを置いた。

「注がせていただきます」

「ありがとう」

波多野はビアグラスを手に取った。ビールが注がれた。小鉢には、油揚げと小松菜の煮浸しが入っている。その種の家庭料理は久しく食していない。

波多野はビールを半分ほど呷り、突き出しを摘んだ。うまい。すぐに平らげてしまった。

「マスターはイケメンだね。さんざん女たちを泣かせてきたようだな」

「わたしはマスターじゃありません。ただのカウンターマンですよ」

「そうなのか。あなた、妻夫木って役者にちょっと似てるね。そっちのお客さんは、俳優の浅野忠信にそっくりだ」

「おれのほうがイケてるでしょ？」

「安住ちゃん、それはうぬぼれが過ぎるんじゃない？」

カウンターマンが雑ぜ返した。すると、先客の連れがすかさず応じた。

「わたしは、安住っちのほうがずっといい男だと思うわ」

「惚れた男はよく見えるんだよ」

カウンターマンが茶化した。笑いが起こる。

「この店は常連さんが多いみたいだね」

波多野はカウンターマンに言った。

「ええ、そうですね。ママが商売っ気を出さないんで、二十歳過ぎの若い男女から八十代の男性までよく来てくれるんですよ」

「アットホームな雰囲気だよね。留美ママは昔、『円舞』でママをやってたんだって？」

「ええ、そうなんですよ。十数年前に独立されて、この店のオーナーになったんです。姐御肌だから、お客さんたちに慕われてるんです」

「そう」

「お客さまは、この店のことをどなたかにお聞きになられたんでしょうか?」

カウンターマンが問いかけてきた。波多野は返事をはぐらかした。と、安住と呼ばれた男がためらいがちに言った。

「もしかしたら、おたくは警察関係の方なんじゃないですか?」

「なぜ、そう思ったのかな」

「なんとなくわかっちゃうんですよ」

「十代のころはちょっとグレてたようだね」

「ええ、まあ」

「その筋の若い衆じゃないよな?」

「おれは堅気ですよ。『ジョルナ』のすぐ近くで『リトルウィング』って酒場をやってるんです。きょうは定休日なんですよ」

「そう」

「町田署の刑事さん?」

「いや、桜田門の捜一の者だよ。一昨日(おととい)の夜、寺内という司法書士が殺されて町田署に捜査本部が設置されたんで、所轄署に来てるんだ」

「その寺内さんとは、この店で何度か顔を合わせたことがあるな。たいてい酔ってたけど、常連客に絡むような男性じゃなかったですよ」

「羽振りはどうだった？」

「札入れはいつも膨らんでたようだけど、ここで成金じみたことは一度もしなかったと思うな。ね、折原さん？」

「そうだったね。寺内さんは、いいお客さまでしたよ」

カウンターマンが相槌を打った。

そのとき、店のドアが開けられた。五十歳前後の派手な顔立ちの女性が入ってきた。白っぽいスーツを着込んでいる。目が大きい。プロポーションも悪くなかった。

「ママです」

折原というカウンターマンが小声で告げた。波多野は止まり木から滑り降り、素性を明かした。警察手帳も見せた。

「富永です」

「営業中に恐縮ですが、一昨日に殺害された寺内隆幸さんのことで二、三、教えてほしいことがあるんですよ」

「そうですか。寺内さんが亡くなられたことをテレビニュースで知って、わたしもびっくりしました。こちらで……」

　ママの留美がテーブル席を示した。

　波多野はテーブルを挟んで留美と向かい合った。ママの肢体は若々しかった。容貌は整っていたが、どこか寂しげだった。それでいて、暗さはみじんも感じさせない。熟女の趣があった。

「被害者がこちらで仕上げの一杯を傾けてたという情報を摑んだんですが、それは事実なんですか？」

「はい。寺内さんは何軒か行きつけのクラブなんかを回った後、月に二度ほどお見えになりました。スコッチの水割りを二、三杯お飲みになると、無線タクシーで玉川学園のご自宅に帰られるというパターンでしたね」

「そうですか。寺内さんは司法書士のほかに何か副業を持ってたと思われるんですが、サイドワークのことでママに何か言ったことはありました？」

「いいえ、一度もなかったですね。ただ、冗談で自分は偽札を造ってるんだとは言ったことはありましたけど」

「偽札ですか。あなたは以前、『円舞』のママだったそうですね？」

「ええ、もう十数年も前の話ですけど」

「寺内さんがこのビルの地階の店に月に二、三回顔を出してたのはご存じでしょ？」

「ええ、寺内さんから直にうかがっていました。それから、『円舞』の従業員たちからも話は聞いてました」

「どうも寺内さんには愛人がいたようなんですよ。三十歳前後の女性と思われるんですが、誰か思い当たる方は知りませんか？」

「存じません。たとえ思い当たる方がいたとしても、わたしの口からは申し上げられないわ。それが水商売に携わっている者たちの暗黙のルールですので」

「凛とした生き方をされてるようですね、あなたは」

「もうよろしいかしら？」

ママが言った。

波多野は礼を述べ、ソファから立ち上がった。カウンターマンに飲み代を払う。

驚くほど勘定は安かった。店の経営は大丈夫なのか。他人事ながら、つい心配してしまった。

波多野は『夕顔』を出ると、ふたたび藤川ビルの地階にあるジャズバーを訪ねた。今度は営業中だった。

店のドアを開けると、オスカー・ピーターソン・トリオの『サマータイム』がスピーカーから流れていた。ほどよい音量だった。

店内は仄暗い。テーブル席には、キャンドルが灯されていた。赤い炎の揺らめきがなんとも妖しい。いい雰囲気だ。

左手にはカウンターがある。店を開けたばかりらしく、客の姿は見当たらない。

「申し訳ない。客じゃないんですよ」

波多野はカウンターに歩み寄った。カウンターの中にいる四十年配の男が、乾いた布でグラスを磨いていた。顔はいいが、どことなく翳りがある。何か重い過去を背負っているのか。

「どなたでしょう?」

「マスター?」

「ええ、そうです」

「警察の者です」

波多野は警察手帳を呈示し、来訪目的を手短に話した。

「寺内さんが月に何度か飲みに来てたことは間違いありません。しかし、個人的なことは何も存じ上げないんですよ。司法書士をなさっていたことも事件報道で知ったぐらいでしたから。自宅が玉川学園にあるという話は聞いていましたけどね」

「そうですか。初動捜査で寺内さんが何か副業でかなり儲けてたようだということはわかったんですが、そのサイドワークが何なのか摑めてないんですよ」

「そうなんですか」

「何かヒントになるような話をうかがいたくて、お邪魔したんだが……」

「寺内さんは、かつて検察事務官をやっていたと言ってましたが、現在のお仕事については何もおっしゃってなかったな」

「そう」

「ただ、わたしに夜の仕事をやってると、どうしても健康管理が疎(おろそ)かになりがちだから、六本木にある『新東京フィットネスクラブ』に通えって、しきりに勧(すす)めてくれたんですよ。そのスポーツクラブの女社長とは親しくしているので、入会金は取らないよう言っておくと言ってました。でも、『新東京フィットネスクラブ』は入会金五百万円で、会員たちは各界の名士(セレブ)ばかりのはずです」

「そういえば、週刊誌で『新東京フィットネスクラブ』の紹介記事を読んだ記憶があるな。会員は政財界人、有名な文化人、芸能人、プロのスポーツ選手ばかりだったんじゃないか」

「ええ、そうですね。われわれ庶民が通えるスポーツクラブじゃないですよ。それに自宅から六本木まで通ってたら、とても店を開ける体力も気力もなくなっちゃうでしょうしね」

マスターが微苦笑した。

「だろうな」

「もしかしたら、寺内さんは超高級スポーツクラブのオーナーなのかもしれませんよ。女社長は雇われでね」

「そう考えれば、寺内さんが金満家だった説明がつくな。マスター、ありがとう！」

波多野はジャズバーを飛び出し、エレベーター乗り場に急いだ。

藤川ビルの外に出ると、予備班に属している部下の滝沢刑事から電話がかかってきた。

「鑑取り班の聞き込みで、寺内が全日本商工会議所の副会頭の長瀬真也、五十四歳と六年以上も前から親交を重ねてたことがわかったんですよ」

「えっ⁉　およそ五十社の企業を傘下に収めてる長瀬コンツェルンの二代目総帥と親しくしてたって？　一介の検察事務官が若手財界人とどこでどう知り合って、深く結びついたんだろうか」

「そのあたりのことはまだわかっていませんが、二人の接点が気になりませんか？」

「なるよ、すごくな。寺内は若手財界人の長瀬のために一汗かいて、事業資金を提供してもらったのかもしれないぞ」

　波多野は呟いた。

「係長、事業資金って？」

「被害者の寺内はな、超高級スポーツクラブ『新東京フィットネスクラブ』の経営者かもしれないんだ。表向きは女社長がオーナーになってるようだがな」

「話がよく呑み込めません」

　滝沢が言った。波多野は順序だてて、わかりやすく説明した。

「そういうことなんですか。ダミーの女社長は、寺内の愛人っぽいですね」

「おそらく、そうなんだろう。長瀬真也は、寺内が東京地検特捜部で検察事務官をやってたころに脱税か贈賄容疑で任意で取り調べを受けたことがあるんじゃないのかな。マスコミ報道はされなかったが、そういうことがあったのかもしれないぞ。そして、不起訴処分になったんだろう」

「そのとき、寺内は裏で動いた。長瀬の嫌疑を晴らすことに全面的に協力し、その見返りに事業資金を長瀬コンツェルンの関連企業のどこかから提供してもらった。それが係長の筋読みなんですね？」

「そうだ。大筋は間違ってないと思うよ」

「ええ、そうなのかもしれませんね」

「滝沢、おれの推測を予備班の安西班長に予め伝えといてくれ。これから町田署に急いで戻るよ」

「了解しました」

滝沢が先に電話を切った。

波多野はポリスモードを懐に収め、大股で歩きだした。

2

会社登記簿の写しが差し出された。

波多野は予備班の安西班長に軽く頭を下げ、『新東京フィットネスクラブ』の法人登記簿のコピーを受け取った。

町田駅近くにあるジャズバーで聞き込みをした翌日の正午前である。波多野は捜査本部の一隅に置かれたソファセットで、町田署の安西刑事と向かい合っていた。

「超高級スポーツクラブの代表取締役社長は、佐久間舞衣になってるな。ほかの役員の五人も、すべて佐久間姓か」

「そうですね。女社長の佐久間舞衣は三十一歳で、『新東京フィットネスクラブ』を設立するまで長瀬コンツェルンに属する関連バス会社の専務秘書をしてたんですよ。鑑取り班が裏付けを取っていますので、間違いはありません」

「これで、被害者の寺内と若手財界人の長瀬真也が繋がったな」

波多野は独りごちた。

「ええ。波多野警部の筋読み通りなんだと思います。『新東京フィットネスクラブ』の副社長、専務、常務、平の取締役二人の計五人は女社長の父方の従兄弟ばかりです。しかし、複数の社員たちの証言ですと、その五人は一度も六本木のスポーツクラブに顔を出したことがないそうです」

「名目だけの役員なんだろうな。それで、寺内と女社長の佐久間舞衣に接点は？」

「ありました。舞衣は乃木坂の高級マンションに住んでいるんですが、月に五、六回は寺内が女社長の部屋に泊まってることがわかりました。常駐のマンション管理人の証言だけではなく、若松・向坂コンビは防犯カメラの映像も観せてもらったようなんですよ。寺内と舞衣が他人ではないことは、誰の目にも明らかだったそうです」

安西が言い終わると同時に、大きなくしゃみをした。

「風邪をひいたのかな」

「仮眠室の暖房が強すぎたんで、毛布を就寝中に無意識に剝いでしまったんでしょう。それで汗が引いたんで……」

「お大事に！」

波多野は労った。捜査本部の捜査員たちの半分は署内の武道場や仮眠室に泊まり込む。自宅や官舎が近い者は、それぞれ自分の塒に戻る。

前夜、波多野は町田駅のそばにあるビジネスホテルに自費で宿泊した。所轄署内では安眠できないからだ。

捜査日数が第一期の一カ月を超えると、さすがに金銭的な負担が重い。捜査が難航して第二期を迎えると、いつも波多野はやむなく署内の仮眠室で横になっていた。

「予備班の班長をやらせてもらってるんですから、早めに風邪薬を服んでおきますよ」

「そのほうがいいな」

「ええ、そうします。別班の報告で、寺内が検察事務官を辞める五カ月前に長瀬真也が東京地検特捜部に任意で事情聴取されていたこともわかりました」

「贈賄容疑だな？」

「はい、そうです。長瀬は民自党の大物国会議員の橋爪忍、六十五歳に三億円の裏献金をした疑いで任意同行を求められたんですよ。担当検事は特捜部で〝鬼検事〟と呼ばれてた綿貫恭平です。現在、綿貫検事は五十二歳のはずです」

「硬骨漢として知られてた綿貫検事は六年近く前に特捜部から外されて、公判部に飛ばされたんじゃなかったかな？」

「そうです、そうです。それも公判部の次長ではなく、公判事務課の課長補佐です。降格も降格ですよね」

安西の声には、同情が込められていた。

特捜部は特殊第一・第二班、財政経済班、直告班の三部門に分かれている。特殊第一・第二班は贈収賄、詐欺、業務上横領、選挙違反などを扱う。財政経済班は高金利、外為、脱税、商標侵害などの経済事犯を担っている。直告班は告訴、告発事件のうち小規模な犯罪を受け持つ。

花形部門は言うまでもなく、財政経済班だ。汚職や疑獄捜査でマスコミの脚光を浴びることが多い。いわばスター検事だった綿貫が地味な公判部に追いやられたわけだから、プライドは著しく傷つけられたにちがいない。

「綿貫検事はこれまでに疑獄捜査で数々の手柄を立ててきたので、疚しさのある大物政治家や財界人が元法務大臣か元検事総長を抱き込み、検察庁に圧力をかけたんではないでしょうか？」

安西が言った。

「警察と同じように検察にも、政官財界の実力者から巧妙な方法で圧力がかかってるんだろう。しかし、綿貫はその種の圧力に屈したんではない気がするな。綿貫と検察事務官だった寺内の関係はどうだったんだろうか」

「その点についても、別班が寺内の元同僚たちから聞き込みをしています。綿貫検事は、仕えてた寺内を木偶の坊呼ばわりして、露骨に見下していたそうです。ちょっとした失態をしただけで、何日も無能だと罵ったりしてたようです。それも検事室だけではなく、廊下でもね」

「寺内は家族のことを考え、懸命に怒りを抑えてたんだろうな」

「そうなんでしょう。綿貫は狡猾に立ち回っている成功者たちを目の仇にして捜査に励んでいたらしいんですが、自分は選ばれたエリートなんだという矜持が病的なほど強いみたいですね。特捜部の検事以外は小馬鹿にしてたみたいですから」

「鼻持ちならない奴だね。政界や財界の汚職を暴きつづけてきたことは評価できるが、人間としては尊敬できないな」

「ええ、そうですね。事実、職場で綿貫検事を誉める人間はいなかったようです。検察事務官たちは一様に鬼検事の悪口を言っていたそうですよ」

「これは推測の域を出ない話なんだが、殺された寺内は前々から快く思ってなかった綿貫に報復する気になって、鬼検事を何らかの方法で骨抜きにしたのじゃないだろうか」

「要するに、長瀬真也を贈賄罪で起訴できないよう裏で画策したのではないかってことですね？」

「そう。長瀬が不起訴ってことになれば、収賄の嫌疑がかかっていた橋爪議員も無傷で済むわけだ」

「ええ、そうですね」

「長瀬は今後のことを考えて、橋爪議員に貸しを作っておく気になった。そして、検察事務官だった寺内に綿貫検事の何か弱みを摑んでくれと頼んだのかもしれない。いや、待てよ。寺内のほうがそうしてやると長瀬コンツェルンの二代目総帥に話を持ちかけたと考えたほうがよさそうだな」

「わたしも後者ではないかと思います。若手財界人の長瀬真也が一介の検察事務官に頭を下げて、何か頼みごとをするとは考えにくいですので」

「そうだね。寺内は自分か第三者を使って、綿貫検事の致命的な弱みを押さえた」

「その弱みなんですが、どんなことが考えられます？　部下たちの聞き込みで、綿貫検事が酒も煙草も嗜まない真面目人間であることは確認済みなんですよ。平日は職場と戸建てのの官舎をピストン往復して、休日は庭いじりをしているだけだそうです。ゴルフや釣りには、まったく興味がないらしいんです」

「無趣味なんだな。こっちと同じだ」

波多野は小さく苦笑し、脚を組んだ。紫煙をくゆらせたくなったが、安西を咳き込ませることは慎むべきだろう。

「綿貫検事は奥さんと下の娘と同居してるんですが、家族サービスもまったくしていないようです」

「面白みのない男だな。それでも、生身の人間だ。まだ枯れる年齢じゃないから、こっそり女遊びをしてたのかもしれないぞ」

「酒や煙草もやらない堅物が女遊びですか⁉」

「女遊びといっても、酒場でホステスを口説いてたんじゃないと思う。高級コールガールか、出会い系サイトで知り合った若い女とホテルで娯しんでたのかもしれないね。あるいは、鬼検事が両刀使いってことも考えられる。堅い男は案外、性的には冒険心というか、好奇心が旺盛だからな」

「そういう傾向はあるみたいですね。綿貫検事にはロリコン趣味があって、少女買春をしてたとも考えられそうですよ。それとも下着泥棒か、盗撮マニアだったんでしょうか？」

「さあね。いずれにしても、硬骨派検事は致命的なスキャンダルを寺内に知られて、長瀬真也と橋爪忍を贈収賄罪で起訴することができなくなったんじゃないのかな？」

「波多野さん、ちょっといいですか。長瀬と橋爪の二人を不起訴処分にせざるを得なくなったとしても、降格されるほどの失点とは言えないんじゃないですか？」

安西は得心できないようだった。

「これまで東京地検は刑事事件の被疑者をほぼ百パーセント起訴し、その有罪率は九十九・九パーセントだ」

「一般市民の場合は、その通りですね。しかし、大物政官財界人が関与した汚職の起訴率は六十パーセントを割っています。有罪は、その半分程度でしょう？」

「だろうね。綿貫は特捜部で、スター検事のような存在だった。当然、同僚たちにはやっかまれてただろう。上司たちからも、〝出る杭〟と思われてたんじゃないか」

「そうでしょうね。そんなことで、綿貫検事は公判部に飛ばされることになったんだろうか」

「多分ね」

「また異を唱えるようですが、検察の捜査は密行主義を貫いてます。捜査の過程はマスコミはもちろん、警察にも伏せられてますよね？」

「そうだな」

「大物政治家や高級官僚なんかの事情聴取すら完全に秘密にされています。事情聴取も千代田区九段南にある九段合同庁舎内ではなく、ホテルや当事者の事務所で密かに行われていますよね」

「それなら、司法記者にも覚られてないだろう」

「でしょうね。長瀬と橋爪の二人が任意で事情聴取されたことはマスコミや警察も知らなかったわけですから、東京地検は何も担当検事の綿貫恭平にペナルティーを科すことはなかったんじゃないのかな。上司や同僚たちに嫌われていたんで、鬼検事は降格扱いになったんでしょうか？」

「それもあるだろうが、検察の上層部は長瀬たちを起訴できなかったことにプライドを傷つけられて、綿貫を公判部に追いやったんじゃないかな。不起訴処分にせざるを得なかったのは、担当検事に致命的な弱みがあったからだと偉いさんたちは憤ったんだろう」

「そうなんでしょうが、なぜ綿貫は理不尽な異動に尻を捲らなかったのかな。それだけ寺内に握られた弱みは、致命的なことだったんでしょうか？」

「そうなんだろう」

　波多野はいったん言葉を切って、言い継いだ。

「寺内は長瀬の贈賄罪を揉み消してやった見返りとして、事業資金の提供をしてくれと若手財界人に迫ったのかもしれない」

「だとしたら、長瀬が『新東京フィットネスクラブ』の事業資金を何億円か与えたと考えられますね。そして、寺内は佐久間舞衣を超高級スポーツクラブのダミー代表取締役社長にして、彼女の従兄弟たちを役員にした……」

「そうなんだろう。別班はスポーツクラブの会員名簿も手に入れてくれたのかな？」

「ええ」

　安西が『新東京フィットネスクラブ』の会員名簿を差し出した。それを受け取り、波多野は頁を繰った。

　各界の著名人の名がずらりと並んでいた。会員数は八百人を超えている。入会金は五百万円だから、それだけで四十億円以上になる。設備投資にいくらかかったのかは不明だが、その半分以上はすでに回収できたのではないか。

　月会費も七万円と安くない。ただし、ドリンク代とサウナ料金は無料のようだ。『新東京フィットネスクラブ』は港区六本木五丁目にある。鳥居坂に面していた。

会員名簿の巻頭には、佐久間舞衣社長の挨拶文が顔写真付きで掲げられている。瓜実顔の美人だが、少し目に険があった。性格はきつそうだ。

会員名簿の表紙には、『新東京フィットネスクラブ』の全景写真が刷り込まれている。円錐形の六階建てビルだった。

「この建物は、持ちビルなのかな？」

「いいえ、違います。橋爪議員の縁者が所有してるんですよ。スポーツクラブがそっくり借りてるようですが、毎月の賃料は教えてもらえなかったという話でした」

「そう。で、別班は女社長と会ったんだろうか」

「いいえ、会えなかったそうです。佐久間舞衣は前夜から、乃木坂の自宅マンションにはいなかったそうなんですよ。それから、スポーツクラブにも今朝はまだ顔を出していないってことでした」

「そうなのか。寺内は長瀬だけじゃなく、橋爪議員からも事業資金をぶったくったんじゃないのかな」

「それは考えられますね。六本木のビルの所有者は議員夫人の実兄ですから、事業資金もせびられたんでしょう」

「長瀬コンツェルンの二代目総帥と二度も大臣経験がある大物政治家が、検察事務官にすぎなかった寺内の言いなりになりつづけるもんだろうか」

「波多野さんは、長瀬か橋爪のどちらかが汚職の事実を揉み消してくれた寺内に刺客を差し向けたのではないかと睨んでるようですね？」

「二人の実力者は寺内に弱点を知られてるわけだから、無下（むげ）にはできないと思うよ」

「でしょうね」

「といって、寺内に際限（さいげん）なく無心されたら、たまらないという気持ちになるだろう」

「でしょうね。一千億円以上の個人資産を有してる長瀬だって、寺内にたかられつづけたら、音（ね）を上げるはずです。ましてや政治活動に専念してる橋爪議員は大金持ちってわけではありません」

「そうだね。寺内に強請（ゆす）られつづけたら、まず国会議員が我慢できなくなるだろう。しかし、閣僚経験のある大物政治家が殺し屋（プロ）を雇ったことが表沙汰になったら、その時点で一巻の終わりだ」

「ええ」

「となると、若手財界人の長瀬真也が誰かに寺内を始末させた疑いが濃くなってくるね。確か長瀬コンツェルンの傘下企業に土建会社もあったんじゃなかったかな？」

「ええ、ありますよ。社名は『明正（めいせい）建工』だったと思います」

安西が答えた。

「昔から土建屋と興行関係者は、闇の勢力と繋がりが深い。長瀬は暴力団とも無縁ではないんだろう」

「でしょうね」

「本庁の組対四課から情報を貰おう」

波多野は言った。組対四課の正式名は、刑事局組織犯罪対策部暴力団対策課である。

同課は二〇〇三年の組織改編まで、捜査四課と呼ばれていた。

組織の名称が変わっても、職務内容は変わっていない。暴力団や犯罪集団が関与した殺人、傷害、暴行、脅迫、恐喝、賭博などの捜査を受け持っている。全国の広域暴力団や企業舎弟の動向に常に目を光らせ、人脈も把握していた。

「わたし、本庁に協力を要請します」

「捜一の宇佐美理事官に動いてもらったほうがいいだろう」

「でしょうね。後で宇佐美理事官に連絡します」

「よろしく！　保科巡査長が来たら、われわれは東京地検に出向いて、綿貫検事に会うことにするよ」

「検事は寺内に脅されて、長瀬と橋爪を不起訴処分にせざるを得なくなったことをすんなりと喋りますかね？」

「おそらく認めないだろう。それでも綿貫の反応で、推測が正しいかどうかは読み取れるんじゃないのか」

「ええ、多分ね」

「東京地検の聞き込みを終えたら、六本木の『新東京フィットネスクラブ』に行って、ダミーの女社長にちょっと揺さぶりをかけてみよう」

「そうですか。保科、遅いですね。翔太君は今朝、平熱に下がったらしいんですが、保育園には行きたくないって愚図ってるようなんですよ」

「こっちにも連絡があって、そう言ってた。彼女に休みを取って、子供のそばにいてやれと言ったんだがね」

「休みは取らないと言ったんでしょ？」

「そうなんだ。いつも気負ってると、何年か先にへたばってしまうのに」

「保科は根が真面目なんですよ。波多野警部、彼女が大幅に遅刻することを町田署の岡江や神崎には内緒にしてやってもらえます？　あの二人は少し性格がひねくれてるから、美しいシングルマザーをいたぶって愉しんでるんです」

「もちろん、余計なことは言わないよ」

「お願いしますね。田丸課長もわたしも保科巡査長にはガッツがありますから、早く一人前の刑事(デカ)に成長してほしいと願ってるんです」

「こっちも同じ気持ちなんだ。どうか彼女を長い目で見てやってほしいな」

「は、はい」

安西刑事が幾分、顔を上気させた。予備班の班長は、部下の保科志帆をひとりの異性として意識しているのかもしれない。といっても、邪(よこしま)な下心などはなさそうだ。

波多野の上着の内ポケットで刑事用携帯電話(ポリスモード)が鳴った。ディスプレイには、部下の石渡巡査の名が表示されていた。

「ちょっと失礼！」

波多野は安西に言って、ソファから立ち上がった。急いで廊下に出る。

「係長(ハンチョウ)、自分、岡江さんとは一緒にやっていけないっすよ」

石渡が切迫(せっぱく)した声で訴えた。

「何があったんだ？」

「岡江刑事は、まるっきりやる気がないんですよ。ろくに聞き込みもしないで、すぐスターバックスやマクドナルドで休みたがるんです。少し前にパチンコで時間を潰(つぶ)そうなんて言い出したんで、自分、思わず怒鳴(どな)ってしまいました」

「なんて怒鳴ったんだ？」

「おたくは刑事失格だ、税金泥棒ですよ！　そう言っちゃったんです。岡江さんはむっとした顔をして、それから何を訊いても全然、答えてくれなくなりました。気まずくて耐えられないっすよ」

「そういう癖のある相棒と組むことも、修業の一つさ」

「冷たいっすね、係長は。自分、もう限界です」

「岡江刑事が職務を放棄してると感じたら、おまえは単独捜査をしてもいい」

「本当っすか？」

「ああ、おれが許可する。上の誰かに文句を言われたら、おれが全責任を持つ」

「そういうことなら、そうさせてもらいます」

「石渡、世の中にはいろんな人間がいるんだ。いちいち腹を立てたり、めげたりしてたら、生きていけないぞ。負けずに頑張れ！」

　波多野は部下を力づけ、通話を終わらせた。ポリスモードを懐に戻したとき、エレベーターホールの方から志帆が小走りに駆けてきた。

「すっかり遅くなって、申し訳ありません。ようやく翔太が保育園に行ってくれたんで、急いで署に来たんです」

「何かと苦労するな。それはそうと、少し捜査が進展しそうだよ」

波多野は、安西から聞いた話を伝えはじめた。

3

目的の検事室は三階にあった。

霞が関の検察中央合同庁舎第六号館だ。東京区検、地検、高検、最高検が同居している。一階が事務部門、二階は区検、三〜五階が地検、六階に高検、七、八階に最高検がある。特捜部は九段合同庁舎に移転している。

波多野はネクタイの結び目に手をやって、左手首のオメガを見た。

ちょうど午後二時だった。連れの志帆も居住まいを正した。

波多野は、綿貫のいる検事室のドアをノックした。

ややあって、三十代後半の男性検察事務官が応対に現われた。

「警視庁の波多野です。連れは町田署の保科といいます」

「わたし、寿々木です。どうぞお入りになってください」

「失礼します」

　波多野たち二人は入室した。正面に検事用の執務机が据えられ、左横に検察事務官の机が見える。

　綿貫検事は机の上に両脚（りょうあし）を投げ出し、耳掻（か）き棒を使っていた。検察事務官の寿々木が検事席の前に二つのパイプ椅子を並べた。

　波多野と志帆は綿貫の席に足を向け、それぞれ名乗った。綿貫は小さくうなずき、ようやく脚を机から下ろした。

「日本茶でよろしいですか？」

「寿々木、茶なんか出す必要はない。おまえは、しばらく席を外してくれ」

「わかりました」

　検察事務官が素直に応じ、静かに検事室から出ていった。波多野たちは並んで腰かけた。

「寺内の事件で来たんだったな？」

　綿貫が横柄な口調で波多野に確かめた。

「ええ、そうです。先一昨日（さきおととい）の夜に自宅で刺殺された寺内さんは六年前まで、あなたとコンビを組まれていたんですよね？」

「コンビ？　わたしは検事なんだ。検察事務官はずっと格下なんだよ。コンビなんて言葉を使ってほしくないね。寺内だけじゃなく、検察事務官たちは誰も使用人みたいなものだよ。対等なんかじゃないんだ。言葉に気をつけてもらいたいね」

「失礼しました。早速、本題に入らせてもらいます。六年五カ月前、あなたは全日本商工会議所の長瀬真也副会頭と民自党の橋爪忍議員を贈収賄容疑で任意で取り調べましたね？」

「えっ⁉」

「別班がそのことを確認済みなんですよ。両氏は結局、不起訴処分になりました。それまで、あなたは担当事案を不起訴にしたことはないはずです」

「警察は、そこまで調べてたか。そうだよ、その通りだ。長瀬が三億円の裏献金を橋爪に渡したことは間違いないんだよ」

「元法務大臣あたりから圧力がかかって、起訴は見送ったんですか？」

「あんた、わたしを腰抜け扱いする気なのかっ。検事は警察官と違って、ひとりひとりが独立した官庁みたいなものなんだ。被疑者を起訴するときは何人もの上司の決裁なんか必要ない。担当検察官の判断に委ねられてるんだよ。特別なケースでは次席検事の決断を仰ぐことはあるがね」

「そのことは存じ上げています」

「わたしはね、長瀬と橋爪を法廷に立たせる気でいたんだ。つまり、起訴する気でいたんだよ。ところが、能なしの寺内があろうことか、贈収賄の証拠物や検事調書を入れたクッション封筒をどこかに置き忘れてきたんだ。八方手を尽くして探したんだが、ついに見つからなかった。そんなことで、起訴できなくなったのさ」

「そうだったんですか」

「寺内のミスで、わたしは特捜部にいられなくなってしまった。特捜部の主戦力だったわたしを公判部に異動させるなんて、検事正はどうかしてる。宝の持ち腐れじゃないかっ」

「検事正が大物政治家や財界人の圧力に屈して、綿貫さんを特捜部から外したとは考えられないでしょうか？」

志帆が話に加わった。

「それは考えられるね。検事正は自分の出世を第一に考えるタイプだから、政財界の実力者に睨まれたくなかったんだろう。寺内が間抜けなんで、わたしは人生を台無しにされてしまった。あいつが殺されたと知って、いい気味だと思ったよ」

「寺内さんを恨んでたんですね？」

「はっきり言って、あの能なし男を殺してやりたいほど憎んでた。顔つきが変わったな。

でも、早とちりしないでくれ。二月九日の晩は官舎にずっといたよ。名古屋地検時代に同僚だった検事がたまたま出張で上京したからと言って、わたしの官舎に寄ったんだ。彼が辞去したのは午後十一時半ごろだったから、わたしにはれっきとしたアリバイがある」

「検事が事件に関わっているとは思っていませんが、一応、来訪者のお名前を教えていただけますか？」

「いいとも。いまは京都地検で刑事部長をやってる尾形英明、四十九歳だよ」

綿貫が答えた。志帆がメモを執る。

「検事は寺内さんが依願退職してから、町田で司法書士事務所を開いたことはご存じですか？」

波多野は綿貫に問いかけた。

「そういう噂は聞いてたよ。それから、急に金回りがよくなったって話もな」

「そうですか。どうも寺内さんは何か副業で荒稼ぎしてたみたいなんですよ。そのあたりのことで何か思い当たりませんか？」

「真偽はわからないが、寺内が退官する前に長瀬の田園調布の自宅をちょくちょく訪ねてたという噂話は聞いてたよ。もしかすると、寺内は長瀬に泣きつかれて橋爪に三億円の裏献金を渡した証拠物や検事調書を故意に紛失したのかもしれないな。それで、長瀬コンツェルンの二代目総帥から多額の謝礼を貰ったんじゃないのか。多分、そうなんだろう。だから、急に寺内は金持ちになったにちがいない」

「別班の聞き込みによると、被害者の寺内さんは事業を興(おこ)したいという野望を秘めてたようなんですよ」

「そうだったみたいだな。寺内は二流私大の二部出で、頭はあまりよくなかった。検察庁で働いてても、停年までマイナーに甘んじなければならない。思い切って転身して、金を追う気になったんだろうな。金銭だけを追い求めるなんて、卑(いや)しい人生だね。しかし、何も取柄がない男だったんだから、それしか途(みち)がなかったんだろう」

「そうだったのでしょうか」

「もういいだろう？　急いで公判記録に目を通さなきゃならないんだよ」

綿貫が言って、ふたたび両脚を机の上に投げ出した。

波多野は相棒に目配せして、先に椅子から腰を浮かせた。廊下に出ると、志帆が毒づいた。

「無礼な男ですね。元特捜部検事だからって、態度がでかすぎるわ」

「こっちもそう感じたよ」

「波多野さん、綿貫が誰か実行犯を雇って寺内を殺(や)らせたとは考えられませんか？　綿貫検事は寺内の失態によって、自分が公判部に異動させられたことを恨みに感じてるようでしたから」

「そうなんだが、心証はシロだな。もちろん、一応、綿貫のアリバイの裏付(ウラ)けを取る必要はあるがね」

「ええ」

二人はエレベーターホールに足を向けた。

表に出て、捜査車輌に乗り込む。スカイラインの助手席のドアを閉めたとき、捜査本部に陣取っている安西刑事から波多野に電話がかかってきた。

「少し前に本庁の宇佐美理事官から連絡をいただいたのですが、長瀬真也は関東仁友会唐津(からつ)組の唐津等(ひとし)組長、四十六歳とつき合いがあるとのことでした」

「やっぱり、そうだったか」

関東仁友会は首都圏で三番目の勢力を誇る広域暴力団で、構成員は約二千三百人だ。

二次団体の唐津組は武闘派として知られていたが、近年は裏経済界でも暗躍している。

本部事務所は新宿歌舞伎町(かぶきちょう)に置かれていた。

「それからですね、唐津組は二年前の家宅捜索時に二挺のマカロフＰｂを押収されたらしいんですよ。被害者宅の応接間の壁にはマカロフPbの弾頭が埋まり、薬莢も落ちてました」

「ああ、そうだね」

「唐津等は長瀬に頼まれて、組員か元やくざに寺内を殺害させたんじゃないですか？」

「考えられないことじゃないな。それはそうと、佐久間舞衣の自宅マンションに張りついてる別班から何か報告は？」

「ありました。舞衣は数十分前に三十歳前後のホスト風の二枚目と出先から戻ってきて、八〇五号室に消えたそうです。舞衣はパトロンの寺内に内緒で、若い彼氏とよろしくやってたんじゃないですかね」

「そうなのかもしれないな」

「波多野さん、そのホスト風の男が舞衣に本気で惚れて、彼女を独占したくなったとは考えられませんか？　被害者宅の応接間の床にはダイヤのピアスが片方だけ落ちてました。舞衣は若い彼氏と寺内宅を訪ねて、別れ話を切り出したんじゃないだろうか。しかし、寺内は取り合わなかった」

「逆上した寺内は愛人を詰り、小突き回したんだろうか。そのとき、ピアスが片方だけ落ちた？」

「多分、そうなんでしょう。若い彼氏は舞衣が小突き回されたことに腹を立て、隠し持ってたロシア製の消音型拳銃で寺内を威嚇した。その後、ナイフで……」

「そのホスト風の男は、堅気じゃないのかもしれないな。中国でライセンス生産されたトカレフのノーリンコ54やフィリピン製のコピー拳銃はネットで堅気が入手できなくはないが、マカロフPbとなると、素人は購入できないだろう」

「波多野さんのおっしゃった通りですね。ホスト風の男は、ヤー公なのかもしれません。最近は堅気にしか見えないインテリやくざが増えましたから」

「だね。『乃木坂アビタシオン』に張りついてるのは、安西刑事の部下の高清水巡査部長と本庁の児玉だったな」

「ええ、そうです」

「われわれも乃木坂に回ろう。おっと、その前に報告しておかないとな」

波多野は、綿貫から聞き込んだ話をそのまま安西に伝えた。

「綿貫検事のアリバイ調べは、わたしがやります。京都地検の尾形という刑事部長に電話をして、綿貫検事の話が事実かどうか確認してみますよ」

「それじゃ、お願いするかな。綿貫は寺内の事件にはタッチしてないという感触を得たが、贈収賄を裏付ける証拠や検事調書は六年五カ月前に寺内が紛失したという話を鵜呑みにはできない。推測した通り、綿貫は寺内に何か弱みを摑まれ、長瀬と橋爪の起訴を自ら断念したんだろうな」

「任意とはいえ、大物政治家と若手財界人を取り調べたことで、綿貫検事はペナルティーを科せられたんでしょうか?」

「そうなんだろうな。だから、公判部の閑職に就かされたにちがいない」

「ええ、多分。また連絡します」

安西が通話を切り上げた。波多野は刑事用携帯電話(ポリスモード)を上着の内ポケットに突っ込み、安西との遣(や)り取りを志帆にかいつまんで話した。

「そのホスト風の二枚目が唐津組の組員だとしたら、組長に命じられて寺内を葬(ほうむ)ったと考えられますよね?」

「そうなら、殺しの依頼人は長瀬なんだろう」

「でしょうね。波多野さん、被害者と愛人の佐久間舞衣は長瀬コンツェルンの傘下企業の役員秘書をしていたって話でしたでしょ?」

「ああ、そうだったな」

「『新東京フィットネスクラブ』のダミー社長を務めてる舞衣は、長瀬が送り込んだスパイなんじゃありません?」

「先をつづけてくれ」

「はい。もしかしたら、舞衣は二代目総帥の愛人だったのかもしれません。どんな経緯があったのかわかりませんけど、長瀬真也に貸しがある寺内は舞衣を自分のものにしたくなったんでは……」

「で、事業資金を提供させるだけではなく、寺内は舞衣も奪った。長瀬は腹を立てながらも、寺内には逆らえなかった。それだから、舞衣をスパイにして、寺内の弱点を探させた？」

「ええ、反撃できる切札が欲しくてね」

「だが、舞衣は寺内の致命的な弱みを押さえることができなかった。それで長瀬は、旧知の唐津組の組長に寺内の口を封じてくれと頼んだ？　きみは、そう筋を読んだわけだな？」

「はい、そうです。わたしの筋読み、間違っているでしょうか？」

「間違っているとは断定できないが、事はもっと複雑なのかもしれないぞ。長瀬がつき合いのある暴力団組長に寺内殺しを頼んだとしたら、あまりにも無防備じゃないか」

「無防備といえば、確かに無防備ですよね。捜査当局は長瀬が唐津と親交があることを造作なく調べ出せるわけですから」

「そう、そうなんだよ」

「長瀬が寺内殺しの首謀者と見せかけて、橋爪議員がこっそり刺客を雇ったのでしょうか？」

「その疑いはゼロじゃないな。橋爪も寺内に強請(ゆす)られて、『新東京フィットネスクラブ』の事業資金を毟(むし)られたかもしれないからね」

「ええ、おそらく長瀬と同じように寺内に事業資金を提供させられたんでしょう。したがって、橋爪議員にも寺内殺害の動機はあるわけです」

「そうだな。しかし、結論を急ぐのはやめよう。事件の裏には予想外の陰謀が隠されてるのかもしれないからね」

「わかりました。乃木坂に向かいます」

志帆がスカイラインを穏やかに走らせはじめた。『乃木坂アビタシオン』に着いたのは十数分後だった。

九階建ての高級賃貸マンションの近くには、覆面パトカーの黒いプリウスが停(と)まっていた。助手席に坐った部下の児玉啓一(けいいち)巡査長が波多野たちの捜査車輛に気がつき、急いで路上に降り立った。二十八歳で、まだ独身だ。

「部下から張り込み状況を聞いてくるよ」

波多野は相棒に断って、スカイラインから出た。

尖(とが)った寒風が頬を刺す。波多野は反射的に首を縮め、背を丸めてしまった。

精神的にはまだ若いつもりだが、四十代になってからは少しずつ体力が落ちている。

暑さや寒さには弱くなったし、筋力の衰(おとろ)えも自覚できた。

ことに足腰が弱まった。重い物を急に持ち上げて、ぎっくり腰になりかけたことは一度や二度ではない。逃げる被疑者を三百メートルも駆け足で追うと、たちまち息が上がってしまう。肩で呼吸を整えるたびに、情けない気持ちになる。

波多野は児玉を道端に導いた。

「対象者(マルタイ)はホスト風のイケメンと一緒に帰宅したんだって?」

「係長(ハンチョウ)、無理して若者言葉や流行語を使うことないですよ。中高年の男性が若い連中に迎合(げいごう)してるようで、自分、悲しくなるんですよ。痛々しくてね。中高年層は人生の大先輩なんですから、もっと堂々としててください」

「おれをあんまり年寄り扱いするなよ」

「もう四十三のおっさんでしょ?」

「言ってくれるな」

「ちょっと本音を言いすぎたか。佐久間舞衣は、連れの男に惚れきってる感じでした。

うっとりとした目で野郎を見てましたんで」

「そいつは、どこか荒んでなかったか？」

「ちょっと崩れた感じでしたね。ただのホストじゃないと思います。あいつ、どっかの組員なのかもしれないな。目の配り方がやくざっぽかったんですよ。半グレとは違って、どこか泥臭かったんです」

「そうか」

「あの男、どこかで見た記憶があるんですよね。昔、単館系の映画館で観たロードムービーに出演してたのかもしれません。主役の友人役でね」

「元俳優の組員かもしれないのか」

「ロードムービーに出てたことは間違いないと思います」

児玉が言った。確信に満ちた口調だった。記憶が鮮明に蘇ったのだろう。

「その男は舞衣の部屋に入ったきり、一度も外に出てきてないんだな？」

「ええ。あの男は舞衣を寝盗ったことを寺内隆幸に知られて、被害者を殺害しちゃったんじゃないのかな。あるいは、舞衣に唆されて犯行に及んだのかもしれませんね」

「どちらなんだろうか」

波多野は口を閉じた。ちょうどそのとき、児玉の表情に変化が生まれた。その視線は、

『乃木坂アビタシオン』の表玄関に注がれていた。

波多野は体の向きを変えた。芸能人っぽい服装の三十絡みの男が高級賃貸マンションのエントランスロビーから出てきて、外苑東通りに向かって歩きだした。

「舞衣と一緒にいた男ですよ」

「町田署の高清水刑事と対象者の彼氏と思われる男の正体を突きとめてくれ」

「了解しました」

部下の児玉が顔を引き締め、プリウスに駆け戻った。波多野はスカイラインの助手席に入った。

ほとんど同時に、安西から電話連絡があった。

「波多野さん、やっぱり綿貫検事は寺内殺しには関わってないですね。京都地検の尾形刑事部長が綿貫検事のアリバイを立証したんですよ」

「そうか」

「そちらに動きはありました？」

「ついさっき『乃木坂アビタシオン』から舞衣の彼氏と思われる男が姿を見せたんで、高清水・児玉コンビに尾行して、正体を突きとめろと指示したところなんだ」

「その男が寺内を刺殺したのなら、一件落着なんですがね。そうはいかないんだろうな」

「ああ、多分ね。われわれ二人はこれから佐久間舞衣の部屋を訪ねて、探りを入れてみる」

　波多野は電話を切り、相棒を目顔で促した。

4

　居間に通された。

『乃木坂アビタシオン』の八〇五号室だ。間取りは2LDKだろう。

　各室は広く、ゆったりとしている。専有面積は七十平米(へいべい)以上はありそうだ。

　波多野は志帆と深々としたリビングソファに腰かけた。

　外国製のソファセットだろう。イタリア製か。

　部屋の主の舞衣が少し迷ってから、志帆の前に浅く坐った。整った顔には、警戒と不安の色が交錯(こうさく)している。

「先一昨日に殺害された寺内隆幸さんと佐久間さんが特別な間柄であることは、すでに確認済みです」

波多野は舞衣の顔を直視した。鎌をかけてみたのだ。

「そうですか」

「被害者とは、いつ知り合ったんです？」

「六年ほど前です」

「どこで出会ったんですか？」

「長瀬コンツェルンの合同祝賀パーティーの会場で、コンツェルン会長に寺内さんを紹介していただいたんです」

「その当時、寺内さんはもう東京地検を辞めて、司法書士事務所を開いてたのかな？」

「いいえ、その前です。わたし、十代のころから、はるかに年上の男性に惹かれる傾向があったんですよ。ファザコンなのかもしれません」

「寺内さんが妻子持ちだと知りながら、魅せられてしまったんですね？」

「はい、そうなんです。奥さまには申し訳ないと思いながらも、熱い想いを募らせてしまったんですよ。いけない女だと思ってます」

舞衣がしおらしく言った。だが、どこか芝居じみていた。意図的に嘘をついているのかもしれない。

「あなたは『新東京フィットネスクラブ』の代表取締役社長を務めていますね。そして、父方の従兄弟(いとこ)たち五人が超高級スポーツクラブの役員になってる。しかし、あなたたちはダミーの経営陣なんでしょ？」

「えっ⁉」

「『新東京フィットネスクラブ』の真のオーナーは、殺された寺内さんだったんですよね？」

「そ、それは……」

「嘘をついたら、偽証罪に問われますよ」

志帆が部屋の主に言った。

「わたし、わたし、寺内さんに表向きの社長になってくれと頼まれたんです。それから、ダミーの役員になってくれる五人の役員を集めてくれとも言われました」

「で、あなたは父方の従兄弟たちに名前を貸してほしいと頼んだわけですね？」

「そうなんです」

「名義料は、いくら貰ってたんです？」

「わたしが月に百万円で、従兄弟たちは三十万円ずつ謝礼を貰っていたはずです」

「このマンションの家賃は？」

「管理費を含めて三十八万円です。会社の資料室ということになっていますので、月々の家賃は『新東京フィットネスクラブ』が負担してくれてたんですよ」

「ストレートに訊いちゃいますけど、寺内さんからのお手当は？」

「毎月百二十万円貰っていました」

「名義料と併せると、月収二百二十万円ですか。羨ましいわ」

「でも、わたし、かなりの浪費家ですので、ほとんど貯えはないんですよ。これから、いったいどうなってしまうんでしょう？」

舞衣が心細げに呟いた。波多野は相棒を手で制し、先に口を開いた。

「検察事務官だった寺内さんが自力で事業資金を調達できるとは考えにくい。『新東京フィットネスクラブ』の事業資金は、長瀬コンツェルンの二代目総帥が提供したんでしょ？」

「事業資金については、わたし、何も知らないんですよ。本当です。嘘じゃありません。ただ……」

「何です？」

「長瀬真也会長は、いつも寺内さんには低姿勢で接してました。寺内さんは陰で会長のことを〝貯金箱〟と呼んでいましたから、何か致命的なウィークポイントを押さえてたのかもしれませんね」

「そして、寺内隆幸は長瀬に高級スポーツクラブの事業資金を出させた？」

「ええ、そうなんではないかしら？」

「開業資金は、どのくらいかかったんだろうか。二、三億円かな？　いや、もっとかかってそうだな」

「わたし、そのことについては何も知らないんですよ。寺内さんは何も教えてくれなかったの」

「そうですか。あなたはスポーツクラブの経理についてはー切、タッチしてなかったのかな？」

「はい、そうです。寺内さんは週に一、二回、『新東京フィットネスクラブ』に来て、経理部長の彦根卓郎さんに何か指示を与えていました」

「その彦根さんの連絡先を教えてください」

「会社に行かないと正確な住所はわからないのですけど、彦根さんは川崎市の宮前平に自宅があるはずです。でも、彦根さんは二月五日に失踪してしまったんですよ」

「失踪したって⁉」

「はい。寺内さんはあちこちに電話をして、彦根さんの行方を追ってたようですけど、結局、居所はわからなかったみたいでした」

舞衣が言って、吐息を洩らした。

「寺内さんと彦根経理部長との間に何かトラブルがあったのかな？」

「そういうことはなかったと思います。彦根さんは五十六、七で、とても温厚な方でしたから、寺内さんと衝突するなんてことは考えられません」

「彦根さんは妻帯者だったんでしょ？」

「ええ。三つ年下の奥さんと二十九歳の息子さんがいるはずですよ。彦根さんは愛妻家でしたし、息子さんもかわいがってるようでしたから、家庭は円満だったと思います」

「ギャンブルや酒にも溺れてなかった？」

「はい。彦根部長は真面目一方でしたから、そういうこともありませんでした」

「そうですか。寺内さんが殺害される数日前に『新東京フィットネスクラブ』の経理部長が謎の失踪をしてたわけか。なんとなく引っかかるな」

波多野は、部屋の主をまじまじと見た。舞衣の表情に変化はなかった。

長瀬真也が超高級スポーツクラブの事業資金を寺内に提供したことが表沙汰になることを恐れて、金で雇った人間に彦根経理部長を拉致させたのだろうか。それで、唐津組の組長が見つけてくれた刺客に寺内を始末させたのか。あるいは、二代目総帥は橋爪議員と共謀したのだろうか。

「実質的な経営者の寺内さんが亡くなってしまったわけですから、『新東京フィットネスクラブ』は畳むことになるのかしら？」

　志帆が舞衣に話しかけた。

「会社がどうなるのか、わたしにもわかりません。寺内さんの奥さんに高級スポーツクラブの真の経営者は旦那さんだと打ち明けるべきなんでしょうけど、わたしが直に接触することはためらわれて……」

「そうでしょうね」

「いろいろ考えた末、わたし、長瀬コンツェルンの二代目総帥に相談したんですよ。長瀬会長は、寺内さんとわたしを引き合わせてくれた方ですんでね。会長は任せてくれと言ってくれました。多分、事業は寺内夫人に引き継がれることになるんでしょう」

「佐久間さん、正直に答えてください。あなたは寺内さんの世話になる前、長瀬真也氏と特別な間柄だったんではありませんか？」

「えっ、どうしてそれを知ってるんです⁉」

　舞衣が驚き、うろたえた。

「やっぱり、そうだったのね。二代目総帥の愛人だったのは、一、二年だったのかな？」

「わたし、愛人だったわけじゃありません。一方的に長瀬会長を好きになったんで、自分から誘って、奥湯河原（おくゆがわら）の温泉旅館に連れていってもらったんですよ」

「二代目総帥に抱いてもらっただけだと言うんですね？」

「ええ、そうです。わたし、長瀬会長の愛人にしてもらえるなんて思ってもいませんでしたから。甘やかな思い出を与えてくれただけで充分に満足だったんですよ。それ以上のことは望んでいなかったの」

「案外、考え方が古風なのね。いまでも長瀬会長を慕（した）ってるんでしょ？」

「そのことは否定しません」

「本気で惚れちゃったみたいね。それなら、長瀬会長に何か頼まれたら、断れないんじゃない？」

「何か含みがあるような言い方ですね。どういう意味なんですか」

「はっきり言いましょう。佐久間さん、あなたは長瀬会長に頭を下げられて、寺内さんの愛人になったんじゃない？　それで、パトロンの弱みを押さえてほしいって頼まれたんではないのかな」

「わたし、そんなことは頼まれていません。会長への未練を断ち切りたかったんで、寺内さんの彼女になっただけです。長瀬会長は寺内さんに不都合なことを知られて、脅迫されてたんですか。会長の弱みは、いったい何なの？　教えてください」

「捜査中なんで、その質問には答えられないのよ」

「わたし、スパイじみたことなんかしていませんよ。寺内さんにはいろいろよくしてもらってたんです。そんな相手を陥れるような真似はしません！」

「あなたを傷つけてしまったようね。ごめんなさい」

志帆が謝罪した。

舞衣は下唇を嚙みしめたまま、何も答えなかった。志帆が困惑顔を波多野に向けてきた。

「連れが勇み足をしたことをどうか赦してやってください。それはそうと、あなたは長瀬会長を忘れたくて、寺内さんの世話になったという話だったね？」

「ええ、そうです。わたしを好きになったという寺内さんには申し訳ないけど、愛人になる動機はそうだったんですよ。さっき寺内さんにのめり込んだと言いましたけど……」

「狙いは愛人手当だったのか。パトロンとは金で繫がってることに淋しさを覚えて、こっそり三十歳前後のいい男とつき合うようになったんだね？」

波多野は言った。

舞衣は固まったまま、口を開こうとしない。

「警察は前夜から『乃木坂アビタシオン』の近くで張り込んでたんですよ」

「そうなんですか⁉」

「あなたは昨夜、外泊した。それで、きょうの午後二時過ぎにイケメンの彼氏とここに戻ってきた。そうですね？」

「………」

「われわれは、お二人の姿を直に見てるんですよ。シラを切っても、意味ないと思うな。あの彼のことを教えてくれませんか」

「友成、友成透さんです。年齢は三十五歳のはずです」

「少し崩れた感じに見えましたが、普通のサラリーマンじゃないんでしょ？」

「フリーの映画プロデューサーだと言っていました。彼、役者だったんですよ。五年ほど前にロードムービーに出演してるんです。わたし、そのＤＶＤを観せてもらったことがありますんで、はったりなんかじゃないんです」

「元俳優だったのか。なぜ役者から、映画プロデューサーに転向したんです？」

「ロードムービーの次の劇場映画の準主役に抜擢されたらしいんですけど、監督にロボットみたいに扱われて、彼はキレちゃったんですって」

「そう」

「それで彼は、自分が映画を製作する側になって、監督・脚本・主演をこなす気になったんです。シネマファンドを立ち上げたり、スポンサー企業を探してるらしいんですけど、なかなか製作費の五億円が集まらないんだとぼやいてました。クラウドファンディングでも、ほとんど寄付は集まらなかったそうです」

「生活費はどうしてるんだろう？　あれだけの容姿だから、金を貢いでくれる女たちが何人もいるのかな？」

「友成さんはヒモなんかじゃありません。雑誌やチラシ広告のモデルをしたり、四年ほど前に病死した父親の油彩画を売って、生活費にしてるんです」

「彼の親父さんは洋画家だったのか」

「そう聞きました。存命中はあまり油絵は売れなかったらしいんですけど、死後、有力な画商に評価されるようになって、遺作が次々に売れるようになったんだそうです」

「そうですか。友成透さんとは、かなり長いつき合いなのかな？」

「まだ七カ月のつき合いです。西麻布のワインバーで偶然に隣り合ったことがきっかけで、交際するようになったんです」

「ドラマチックな出会いだね」

「彼とは真剣な気持ちでつき合っているんです。折を見て、わたし、寺内さんに別れ話を切り出すつもりでした。その矢先にこんなことになってしまって……」

「寺内さんの世話になっていることを元俳優の彼には打ち明けたのかな？」

波多野は訊ねた。

「ええ、去年の暮れに話しました。そのとき、わたし、友成さんにプロポーズされたんです。それですから、パトロンがいることをもう黙っているわけにはいかないと思ったんですよ。彼が幻滅して去ってしまうことを半ば覚悟していたんですけど、友成さん、気持ちは変わらないと言ってくれました。あのときは、すっごく嬉しかったわ」

「そうでしょうね。それで友成さんは、あなたにすぐにパトロンと別れてほしいと言ったのかな？」

「ええ、そう言われました。でも、すぐに別れ話は切り出しにくいからと言って、少し時間が欲しいと頼んだんですよ」

「彼の反応は？」

「一、二カ月待つと言ってくれました。それから別れ話がこじれるようだったら、彼が寺内さんに会って、自分の想いを伝えると約束してくれたんです」

「相思相愛なんだな、あなたたちは」

「交際期間はまだ浅いですけど、わたし、友成さんと結婚したいと思っています。早く彼の子を産んで育てたいんです」

舞衣が恥じらった。すると、志帆が心配顔で忠告した。

「あなたは、もう少し恋愛に慎重になるべきなんじゃないかしら。小娘みたいに相手にのめり込むのは危なっかしいと思うわ。友成さんとつき合って、まだ一年も経っていないんでしょ？　たった七カ月で、相手のすべてがわかるはずないもの……」

「彼、外見は、うわついてるように映るかもしれないけど、頼りになる男性なんです。人生を預けてもいい相手だと思っています」

「あなたは、彼にぞっこんなのね。不倫を重ねてきた割には、純情なんだ」

「女刑事さんは、わたしが幸せになることを妬んでるんですかっ。もしかしたら、バツイチなんじゃない？」

「夫とは死別よ。離婚したわけじゃないわ」

「離婚歴があるのは、こっちですよ」

波多野は、わざと軽い口調で舞衣に言った。女同士でいがみ合いそうな気配を感じ取ったからだ。

「そうだったんですか。わたし、他意はなかったんですよ」

「わかってる。そんなことより、友成さんの自宅の住所を教えてほしいな」

「彼は下落合二丁目のマンションに住んでいるはずですけど、わたし、正確なアドレスは知らないの。もちろん、スマホのナンバーやメールアドレスは知ってますけどね」

「友成さんの自宅マンションには一度も行ったことがない？」

「はい。1Kの狭い部屋だからって、彼、自宅に招いてくれないんですよ。ここと較べたら、ずっと狭い部屋なんでしょうね。だから、友成さんに妙な引け目を感じさせたくないので、わたし、遠慮してるんです」

「思い遣りがあるんだな。それじゃ、友成さんのスマホの番号だけ聞いておくか」

「わかりました」

舞衣が元俳優のスマートフォンの番号をゆっくりと告げた。波多野は手帳にナンバーを書き留めた。

「友成さんのスマホの番号を教えてしまったけど、彼は寺内さんの事件に関わってるわけではありませんよね」

「なぜ、そう思うのかな？」

「だって友成さんは寺内さんの顔を知りませんし、自宅が町田市玉川学園にあるってことも知らないでしょうから」

「しかし、その気になれば、友成さんがあなたのパトロンのことを詳しく調べることはできるでしょ？」

「警察の人たちは、友成さんが寺内さんを刺し殺したと疑ってるの⁉」

「そうじゃありませんよ。可能性がゼロではないと申し上げたかっただけなんだ。友成さんがあなたの周囲の人たちにパトロンのことを訊けば、顔写真は入手できないとしても、寺内さんの自宅の住所は探り出せる」

「そうかもしれませんけど、友成さんが寺内さんを殺さなければならない理由がないでしょ？　わたしは寺内さんではなく、友成さんが好きなわけですから」

「友成さんに犯行動機はありますよ」

「え？」

　舞衣が意外そうな顔つきになった。

「わかりませんか。友成さんが一日も早く佐久間さんを独占したいと考えてたら、寺内さんは邪魔な存在になるはずです。金の力で娘のように若い女性を弄(もてあそ)んだ下劣(げれつ)な奴だと感じれば、嫌悪感や憎しみも覚えるでしょう。憎悪が殺意に変わるケースもある」

「そ、そんな！　そんなふうにこじつけて考えたら、一般市民は迷惑です。友成さんは人殺しなんかできないわ。優しい男性(ひと)なんですっ」

「どんなに善人に見えても、誰も内面には悪意や邪心を秘めてるものですよ。多くの犯罪者と接してきて、こっちはそのことを実感してる。善と悪の要素を併せ持ってるのが人間です。学歴、職業、社会的位置、財力を問わずにね」

「そうなのかもしれませんけど」

「意地悪な見方をすれば、佐久間さんにも犯行動機がないとは言い切れない。あなたはパトロンの寺内さんと手を切って、友成透さんと結婚したがってる」

「刑事さんたちの物の考え方は歪んでますよ。なんだか不愉快になってきました。もうお引き取りください」

「怒らせちゃったか」

波多野は相棒の肩を軽く叩いて、ソファから立ち上がった。志帆が無言で倣った。

舞衣は椅子に坐ったまま、そっぽを向いていた。大人げない態度だと思ったが、波多野は皮肉を浴びせる気にはなれなかった。

八〇五号室を出る。

エレベーターホールで、志帆が口を開いた。

「わたし、寺内隆幸が殺害される数日前に失踪したという彦根経理部長のことが妙に気になります。今回の事件と何か繋がりがあるような気がしてるんですが、どうなんでしようか?」

「こっちも、何らかの形で寺内殺しとリンクしてると直感したんだ。どうしても手が回らないようだったら、別班に彦根の消息を調べてもらおう」

「そうですね」

二人は函に乗り込み、一階に降りた。

オートロック・ドアも外出時には、なんの操作も必要ない。大理石のエントランスロビーを進み、波多野たちは高級賃貸マンションの外に出た。

アプローチの中ほどまで歩いたとき、部下の児玉から電話がかかってきた。

「佐久間舞衣とつき合ってるホスト風の男は、関東仁友会唐津組の構成員でしたよ」

「そうか。名前は友成透だな?」

「いいえ、そうではありません。脇太陽という名で、満三十五歳です。運転免許証で確認しましたんで、本名だと思います。イケメン組員は『新東京フィットネスクラブ』のダミー社長には、友成とかいう偽名を使ってたんですね?」

「そうなんだ。それで、職業はフリーの映画プロデューサーだと称してたみたいだな。それから、五年ぐらい前にロードムービーに出演したことがあるそうだよ」

「やっぱり、スクリーンで観た奴だったか。脇太陽は外苑東通りでタクシーを拾って、歌舞伎町の唐津組の組事務所に直行しました。十分ほどで表に出てきたので、自分らは職務質問（バン）かけたんですよ。脇は振り向きざまに高清水さんの顔面に右フックを浴びせたんで、とりあえず公務執行妨害で身柄（ガラ）を確保しました」

「そいつはお手柄だ。脇という男が寺内を殺った可能性もあるから、捜査本部に連行してくれ」

「そう指示されると思ったから、いま町田署に向かっているところです」

「そうか。われわれも、すぐに捜査本部に戻る」

波多野は児玉刑事に言って、ポリスモードを所定のポケットに収めた。かいつまんで志帆に脇太陽のことを伝える。

二人は覆面パトカーに走り寄った。

いつの間にか、陽（ひ）は西に大きく傾いていた。

第三章　意外な真相

1

　マジックミラー越しに容疑者を見る。

　脇太陽は、灰色のスチールデスクを挟んで予備班の安西班長と向かい合っていた。記録係の席には、滝沢が坐っている。

　波多野は町田署刑事課と同じフロアにある取調室1に接した小部屋にいた。相棒の志帆は横にいる。二人とも立っていた。

　警察関係者に〝面通し部屋〟と呼ばれている小部屋は、三畳ほどのスペースしかない。ここで目撃者や被害者に重要参考人の人相着衣などを確認してもらうわけだ。覗き部屋とも言われている。

「元俳優のやくざは、しばらく黙秘権を行使するみたいですね」

志帆が言った。こちら側の音声は、取調室には届かない造りになっていた。逆も同じだ。マジックミラーに耳を密着させれば、取り調べの遣り取りは漏れ聞こえてくる。

「その気なんだろうな。しかし、時間の無駄だよ。安西刑事は多くの強行犯捜査をしてるし、滝沢は落としの名人なんだ。そのうち脇太陽は、自白いはじめるだろう」

「そうでしょうか。脇は佐久間舞衣には、友成透という偽名を使っていました。ということは、真面目な気持ちで舞衣とつき合ってたんではないと思います」

「そうだろうな。何か疚しさがあるから、本名を隠してたにちがいない」

「波多野さん、脇太陽は殺された寺内から舞衣の手切れ金をせしめて、それを持ち逃げする気でいたんではありませんかね」

「しかし、寺内は舞衣との別れ話に応じなかった。もちろん、手切れ金も出そうとしなかった。それだから、脇は逆上して寺内を刺殺してしまった？」

「ええ、おそらくね。犯行現場でダイヤのピアスが片方だけ見つかっています。佐久間舞衣は脇と一緒に被害者宅を訪れて、パトロンに自分と別れてほしいと哀願したんでしょう」

「まだわからないぞ。真相は違うかもしれないからな」

「そうですね」

「きみは捜査本部に戻って、彦根経理部長の行方を追っている別班からの報告を待ってくれないか。わたしは脇の取り調べに立ち合う」

波多野は指示した。

相棒がうなずき、すぐに小部屋から出ていった。波多野は取調室1に回り込み、ドアをノックした。ドア越しに安西の声で応答があった。波多野は名乗って、取調室1に足を踏み入れた。

「だんまり戦術を使われてるようだね」

「そうなんですよ。波多野警部、替わりましょうか？」

「いや、安西班長の領分だから、そのまま、そのまま！　ただ、少し被疑者と話をさせてもらいたいな」

「どうぞ遠慮なく」

安西が椅子ごと少し退がった。波多野は脇太陽を見た。

「元俳優だけあって、マスクがいいね。わたしの部下は、きみが出演したロードムービーを観たらしいよ」

「ほんとに⁉」

脇が急に目を輝かせた。

「根っから映画が好きらしいね？」

「おれ、映画フリークなんだ」

「芸名は？」

「苗字なしの〝太陽〟だよ」

「下の名前、ユニークだね。名づけ親は誰なんだい？」

「親父だよ。おれが社会の隅々(すみずみ)まで照らすような人物になってほしいという願いを込めて、太陽と命名してくれたんだ」

「そうか」

「ガキのころは変わった名なんで、クラスの奴らにずいぶんからかわれたよ。けど、成人してからは太陽という名が気に入ってる」

「四年ほど前に病死した親父さんは、洋画家だったんだって？」

「その話、誰から聞いたの？」

「佐久間舞衣さんが教えてくれたんだ」

「そうなのか」

「なぜ、彼女に友成透だなんて偽名を使ったんだ？」

「舞衣を西麻布のワインバーでナンパしたときは遊びのつもりだったんで、本名は言わなかったんだよ。でも、遊びのつもりが本気になっちゃったんだ。だけど、友成という姓は偽名だと言い出せなくなっちゃって、まだ本名を教えてないんだよ。それだけのことさ」

「そうか」

「なんで警察が舞衣んとこに行ったわけ？　彼女、二月九日の晩、おれと一緒に寺内の自宅に行ったことを吐いちゃったの⁉」

「うん、まあ」

波多野は曖昧に応じた。脇がどんなリアクションを起こすのか見たかったからだ。

「まいったな。女はすぐ口を割っちまう。舞衣が白状したんだったら、おれがばっくれても意味ないか」

「二月九日の夜、玉川学園の寺内宅に行ったんだな？」

安西が脇に確かめた。

「ああ、行ったよ。舞衣はおれとつき合いはじめてから何カ月か経ったころ、パトロンがいることを打ち明けたんだ。そのとき、できれば寺内隆幸と縁を切りたいと言いだしたんだよ。おれも舞衣を独り占めにしたかったんで、寺内の家に一緒に行ったんだ」

「で、そっちは被害者に佐久間舞衣と別れてやれと凄んだのか？」

「最初は穏やかに舞衣の気持ちを寺内に伝えたんだ。けど、舞衣に一億五千万円の手切れ金を出してやれって言ったら、寺内のおっさんは怒りだして、おれをチンピラ呼ばわりしやがった。それだけじゃねえ。奴は舞衣の髪の毛を引っ摑んで、小突き回しやがったんだよ。牝犬（めすいぬ）とも罵（ののし）ったな」

「舞衣は被害者宅を訪れたとき、ダイヤのピアスをしてたか？」

「ああ、してたな」

「やっぱり、そうか」

安西が波多野を振り返った。

波多野は黙したままだった。殺人現場に遺（のこ）されていたダイヤのピアスの片方は、佐久間舞衣の物だろう。

しかし、鑑識の結果でピアスにはまったく指紋が付着していなかったことははっきりしている。持ち主の指紋が出なかったことは、どう考えても不自然だ。殺人犯が舞衣を共犯者に見せかけようと偽装工作した疑いは拭（ぬぐ）えない。

「おれは自分だけじゃなく、好きな女まで寺内に侮辱されたんで、頭に血が昇っちまったんだ。それだから、隠し持ってたマカロフPbを取り出して、一発ぶっ放したんだよ。

壁に向けて威嚇したわけよ」

「寺内はビビっただろうな？」

波多野は、脇太陽に問いかけた。

「おれもてっきり奴が震え上がるだろうと思ってたんだけど、野郎は平然としてやがった。おれが本気で的にかけるとは思ってなかったんだろうな。寺内は怯むどころか、おれに組みついてきた。おれはとっさに懐からダガーナイフを取り出して、寺内の左胸と右腹部を深く刺したんだよ」

「刺しただけか？」

「いや、柄をしっかり握って、大きく抉ったよ。内臓を切断させれば、確実に殺せると思ったんでな」

「舞衣は黙って見てたのか？」

「おれがダガーナイフを取り出したとき、舞衣はびっくりして、『事件になるようなことはしないで』と言ったよ。でも、おれのブレーキはもう外れちまってた。誰にも止められねえよ」

「そっちは被害者が息絶えるまで見届けたのか？」

「いや、すぐ舞衣と一緒に玄関から逃げ出したんだ。それで三、四十メートル先に駐めてあったレンタカーに飛び乗り、鶴川街道をたどって東京に戻ったんだよ。おっと、町田市も東京だったな。都心に戻ったというべきだったか」

「レンタカーはどこで借りたんだ？」

「東日本レンタカーの渋谷営業所だよ。車種は灰色のカローラだ。行きは東名高速を使ったんだよ。横浜青葉ＩＣ（インターチェンジ）で降りて、寺内の自宅に行ったんだ」

「そのレンタカーには、佐久間舞衣も同乗してたのか？」

「ああ。けど、舞衣の姿は高速の防犯カメラには映ってないと思うよ。彼女は東名に入る前からカローラの後部座席に横たわって、膝掛けを頭から被（かぶ）ってたからな」

「そこまで用意周到だったのは、そっちは初めから寺内を殺害する気があったからじゃないのか？」

「えっ」

　脇が絶句した。

「図星だったらしいな？　若い組員がロシア製の消音型拳銃を持ち歩いてるなんて話は聞いたことない。マカロフＰｂの入手先は？」

「舞衣が用意してくれたんだ。あいつは寺内と別れて、このおれと一緒に暮らしたがってたんだよ。どうしてもパトロンが邪魔だったんだ。だからよ、おれに寺内を消してほしくて、ガンマニアか誰かから拳銃の密売ルートを聞き出して、マカロフPbを手に入れたんだろうな」

「堅気の女性がそんなことはできっこない。脇、もう観念しろよ。そっちは組長の唐津に消音型拳銃を渡されたんじゃないのか？」

「なんで組長（オヤジ）さんの名が出てくるんだよっ。あんた、頭（ペテン）がおかしいんじゃねえの？」

「おい、よく聞け！　寺内隆幸は、検察事務官時代に長瀬コンツェルンの二代目総帥の贈賄容疑を揉み消してやった疑いがある」

「被疑者は、政治家か高級官僚に袖の下を使ったんだな」

「収賄容疑で東京地検特捜部に任意で調べられたのは、民自党の橋爪議員だよ」

「大物政治家じゃねえか。その橋爪は何度か大臣をやったんじゃなかったっけ？」

「ああ、そうだ。長瀬と橋爪の二人は不起訴処分になった。担当検事は凄腕だったんだが、閑職に追いやられた。寺内は、その特捜部検事に仕えてたんだが、さんざん屈辱的な思いをさせられてたんだ」

「だから、寺内は起訴材料を故意に隠すか何かして、憎い担当検事に失点を与えた？」

「そうなんだろう。寺内は恩を売った長瀬真也に一方的に惚れてた佐久間舞衣を自分の愛人にするよう働きかけ、さらに『新東京フィットネスクラブ』の事業資金をねだった。

自分が高級スポーツクラブの経営者になると、何かと不都合だ。そこで、寺内は舞衣を名目だけの社長に据えて、彼女の父方の従兄弟(いとこ)たち五人を役員にさせた」

「舞衣はそんな尻軽女(しりがるおんな)じゃねえ。長瀬コンツェルンの二代目総帥とも他人じゃなかったなんて話は信じねえぞ」

「そう思いたいだろうが、長瀬真也が何か言い含めて寺内の愛人にさせたことはほぼ間違いないんだよ。その長瀬は、唐津組長と以前から親交があったんだ」

「長瀬が唐津の組長(オヤジ)さんに泣きついて、事業資金を無心した寺内を殺(や)ってくれって頼んだって言うのかっ」

「そうなんだろうな。そして、そっちが実行犯に選ばれた。違うか？」

波多野は脇を凝視した。

「おたく、刑事をやめて、小説家になれよ。もっともらしい話をよく思いつくね。おれは舞衣と同棲したくなったんで、邪魔な寺内を殺(や)ったんだ。正直に言うよ。最初っから、おれは奴を殺す気だった。舞衣には黙ってたけどな。それがすべてだよ。もう話すことなんかない」

脇が目をつぶった。安西と滝沢が相前後して溜息をつく。

「脇の供述の裏取りをしてくる」

波多野は安西に断り、取調室1を出た。二階だった。階段を駆け上がって、捜査本部に入る。相棒の志帆は警察電話の前に坐っていた。

「彦根の行方を追ってる別班から何も報告は上がってこないようだな」

「ええ。脇は落ちました？」

「寺内殺しを認めたんだが、どうも釈然としないんだ」

波多野はそう前置きして、脇太陽の供述内容を伝えた。

「佐久間舞衣が事件当夜、脇と行動を共にしてたのかどうか確かめましょう」

「それは、こっちがやろう。きみは東日本レンタカーの渋谷営業所に問い合わせて、二月九日に脇がカローラを借りたかどうか確認してくれないか」

「了解！」

志帆が緊張した表情になった。

波多野は近くの椅子に腰を落とし、佐久間舞衣のスマートフォンを鳴らした。

「少しショックな話をさせてもらうよ。友成透と自称してた元俳優は本名脇太陽で、関東仁友会唐津組の構成員だったんだ」

「彼、やくざだったんですか⁉」

「そう。で、二月九日の夜、脇はきみと一緒にレンタカーで町田の寺内宅に行ったと供述した。被害者へきみに一億五千万円の手切れ金を払えと要求したが、まともに取り合ってもらえない上にチンピラ扱いされたんで、逆上して寺内隆幸を刺し殺したと言ってるんだよ。そのとき、きみはパトロンに頭髪を引っ摑まれて、小突き回されたとも語ってる。それで、ダイヤのピアスを片方だけ事件現場に落としたそうだね？」

「なんで彼は、そんな嘘をついたのかしら？　わたし、二月九日は夕方六時から帝都ホテルの孔雀の間で開かれた大学の同窓会に出席して、会場で顔を合わせたゼミの仲間七人とホテル内のラウンジで二次会で盛り上がって、彼女たち全員を自宅に招いたんです」

「帰宅したのは？」

「十時を少し回ったころでした。七人のうち二人は午前零時前にタクシーで帰りましたけど、ほかの五人は午前一時半ごろまで八〇五号室にいたんです。ゼミの仲間の七人の氏名と連絡先を教えますので、わたしのアリバイをちゃんと調べてください」

舞衣が住所録を見ながら、七人の名と電話番号を告げた。波多野はメモを執った。

「友成さん、いいえ、彼の本名は脇さんでしたね。脇さんは、わたしを共犯者に仕立てようとしたのね。どうしてなんでしょう？」

「何か思い当たらない？」

「ええ。彼はわたしに好意を寄せてくれてましたけど、寺内さんと強引に別れさせようとはしなかったんです。わたしを独占したいと強く望んでたわけではなかったのに、なぜ寺内さんを殺したんでしょう？」

「何か別の動機があったんだろうね。それはそうと、佐久間さんはダイヤのピアスをどこかで失くしたことはある？」

「はい、あります。二週間ほど前に友成さん、ううん、脇さんと赤坂のシティホテルに泊まったんですけど、そのとき、片方だけどうしても見当たらなかったんです。彼がこっそり持ち帰って、寺内さんの自宅の応接間に意図的に落としてきたんじゃないのかしら？」

「その疑いはありそうだな」

「だとしたら、彼はわたしを陥れようとしたんですよね？」

「理由はわからないが、そう考えてもいいだろう」

「彼は、いったい何を企んでたのかな。寺内さんの自宅に乗り込んで、わたしを愛人にしてることを奥さんにバラすぞとでも脅して、お金をせしめる気だったんでしょうか？」

「恐喝に失敗したからといって、相手を殺してしまったら、元も子もない」

「あっ、そうですね。彼は、どうしても寺内さんを殺害しなければならない事情があったんでしょうか？」

「そうなんだろうな」

「わたし、友成さん、いいえ、脇さんが怕くなってきました」

「この際、縁を切ったほうがいいね」

「はい、そうします。それはそれとして、わたしのアリバイを調べてくださいね。殺人事件の共犯者と思われるのは困りますんで、お願いします」

舞衣が通話を切り上げた。

波多野は通話終了ボタンをタップした。数秒後、志帆が声をかけてきた。

「脇太陽は二月九日の午後六時四十分ごろ、間違いなく灰色のカローラを借りてました。接客したレンタカー会社の社員によると、連れはいなかったそうです。もちろん、その後にどこかで佐久間舞衣を拾ったとも考えられますけどね」

「事件当夜、舞衣は町田には行ってないようなんだ」

波多野は経過をつぶさに話し、メモを相棒に見せた。

「この七人が二月九日の夜は、ずっと一緒だったと舞衣は言ってるんですね？」

「そうなんだ。手分けして、舞衣のゼミ仲間に確認してみよう」

「はい」

二人はメモに目をやりながら、ひとりずつ連絡を取った。

波多野は四人に電話をかけた。志帆は三人だった。

その結果、舞衣のアリバイは成立した。ゼミ仲間たちが舞衣に頼まれて、口裏を合わせている気配はうかがえなかった。

「脇太陽が寺内隆幸を刺殺した疑いは濃厚ですが、舞衣のために被害者を葬ったんではないようですね」

志帆が言った。

「そう思ってもいいだろうな」

「やっぱり、長瀬真也は唐津組の組長に寺内を片づけてくれと頼んだんですかね。で、脇が実行犯に選ばれた。元俳優が実行犯にされたのは、彼が寺内の愛人と密かにつき合ってたからなんでしょう。長瀬と唐津は共謀し、脇太陽が舞衣を独占したくて、勝手に寺内を殺害したという絵図を画いたんではありませんか？」

「そうなのかもしれない。もう一度、脇を揺さぶってみるよ。きみは、ここで待機してくれ」

波多野は捜査本部を走り出て、階段の降り口に急いだ。二階に下り、取調室1に入る。

滝沢刑事が例によって、脇から昔話を引き出そうとしていた。脇は顔をしかめている。

あまり愉しい思い出はないのだろう。

「おふくろの話はやめてくれ。おれの母親は薄情な女なんだ。売れない洋画家の親父の稼ぎが少ないからって、当時、羽振りのよかった宝石商と駆け落ちしやがったんだからな。親父と小三だったおれを棄ててさ」

「それじゃ、そっちは父親に育てられたんだ？」

「ああ、そうだよ。親父は不本意だったろうが、おれを喰わせなきゃならないんで、街頭で似顔絵を描きはじめたんだ。地回りの奴らにだいぶ厭がらせをされたようだが、おれが高校を出るまで耐えてくれたんだよ」

「高校を出てからは、どうしたのかな？」

「サラリーマンにはならなかった。親父に恩返ししなくちゃならねえんで、金になりそうな仕事を転々としてたんだ。そんなとき、映画会社の役員の目に留まって、役者になったわけよ。端役をこなしてるうちに、単館系で上映される本編の主役の親友役が回ってきたんだ。それで、映画デビューしたわけよ。おれは一気に脚光を浴びられると期待してたんだが、そんなには世の中は甘くなかった」

「だろうな」

「それでも、次の劇場映画で準主役に抜擢されたんだ。おれは張り切ったよ。有名になって金がガンガン入ってくりゃ、苦労して育ててくれた親父に楽させてあげられるからな」

「で、どうなったんだい？」

「けど、監督が役者いびりをするおっさんだったんだ。ワンカット撮るのに、テイク20まで演らされるんだぜ。男優も女優も、犬みてえに監督の言いなりになるほかなかった。おれはついに我慢できなくなって、監督と大喧嘩しちまったんだ。それで、干されちゃったんだよ。だから、おれ自身がプロデューサーになって、監督・脚本・主演をこなそうと思ったわけさ。シネマファンドを作って、スポンサー探しに明け暮れたんだ」

「製作費はなかなか集まらなかったんだろうな？」

「そうなんだ。喰うに困ってたとき、人を介して唐津組の組長さんがアダルトビデオの監督をやらねえかって声をかけてくれたんだよ。はっきり言うと、裏ＤＶＤの製作を任されたんだ。監督料は一巻二十五万円だったんだが、おれは早撮りで月に七、八本仕上げてた」

「そんなことで世話になったんで、そっちは唐津組の盃を貰ったんだな？」

「そう。組長さんはおれに刺青を入れなくてもいいし、失敗踏んでも小指も飛ばさなくてもいいって言ったから、一応、組に入ったんだ」

「唐津にそんな借りがあるんで、おまえは寺内殺しを引き受けたんじゃないのか？」

波多野は脇に言った。

「何を言ってんだ⁉　おれは、舞衣のために寺内から一億五千万の手切れ金をぶったくってやろうと思ったんだよ。相手がおれをチンピラ扱いしたんで、つい殺っちまったんだ」

「舞衣には、れっきとしたアリバイがあったんだよ。そっちは事件当夜、レンタカーでひとりで被害者宅に乗りつけ、寺内を殺害した。それで、予め用意しておいた舞衣のダイヤのピアスを片方だけ現場に遺してきた。唐津組長はそっちにマカロフＰｂを渡して、それで寺内を仕留めろと命じたんじゃないのか。しかし、それでは殺しの快感をたっぷりと味わうことはできない。そっちはそう考え、ダガーナイフを使うことにした。そうなんだろうが？」

「そこまで見抜かれてたんじゃ、悪あがきは無駄だな。おたくの言った通りだよ。おれは組長さんに命じられて、寺内を始末したんだ。よく知らねえけど、組長さんは長瀬真也に頼まれたとか言ってたな。舞衣のパトロンの寺内は長瀬の何か弱みを握って、『新東京フィットネスクラブ』の開業資金と運転資金を提供させたらしいんだ。だから、長瀬コンツェルンの二代目総帥は、脅迫者の寺内を亡き者にする気になったんだろう。唐津の組長（オヤジ）さんは、六本木の超高級スポーツクラブの経営権を貰えることになってるのかもしれねえな。組長（オヤジ）さんはじっくり獲物（えもの）を狙うタイプだから、おれに七カ月も前から舞衣に接近させて、惚れさせろと言ったんだ。おれが個人的な理由で舞衣と寺内の自宅に押しかけて、二人で元検察事務官を殺（や）ったことにしたかったんだろうな。けど、舞衣にアリバイがあることがわかっちまったんだから、もうおれは観念すらあ」

「凶器のマカロフＰｂとダガーナイフは、もう処分したのか？」

「まだ下落合のおれの自宅マンションにあるよ。ベランダのプランターの土の中に隠してあるよ、ビニール袋に入れてな」

「そうか」

「ついでに、いいことを教えてやろう。唐津の組長（オヤジ）さんはペン型の特殊拳銃をいつも持ち歩いてるんだ。とりあえず銃刀法違反で身柄を押さえて、じっくり本件の取り調べをすればいいんじゃねえの？」

　脇が、にやりとした。波多野は、その笑い方が気になった。元俳優は捜査当局の目を眩（くら）まそうとしているのではないか。

「波多野警部、唐津組長を確保して、脇の自宅の家宅捜索の令状を取りましょう」

安西が言った。

「そうするか」

「捜査班は今夜中に唐津を連行してくださいね」

「了解！」

波多野は取調室1を飛び出した。

2

月が雲に隠れた。

闇が濃くなった。もう数分で、午前零時になる。

波多野たちコンビはスカイラインの中で、長瀬邸をうかがっていた。

大田区田園調布三丁目にある豪邸は、敷地が五百坪もあるらしい。邸宅街の中でも、ひと際(きわ)目立つ。夥(おびただ)しい数の庭木に隠れ、家屋は道路からは見えない。

東急東横線田園調布駅から数百メートルしか離れていないが、ひっそりと静まり返っている。駅前広場から延びている並木通りには、人っ子ひとりいない。

唐津組の組長が午後九時過ぎに長瀬宅を訪れたことは確認済みだ。

長瀬邸の広いガレージには、唐津の黒いロールスロイス・ファントムが納まっている。若いドライバーと三十代後半のボディガードは高級外車の中にいた。

「番犬が一緒なんですから、唐津組長は丸腰なんじゃありませんか？」

運転席で、志帆が言った。

「武闘派やくざの唐津が丸腰で外出するとは思えない。脇太陽が言ったように、組長はペン型の特殊拳銃か二連発式のデリンジャーぐらいは隠し持ってるだろう」

「そうでしょうか。もし丸腰だったら、唐津を銃刀法違反で現行犯逮捕できません。その場合はどうします？」

「心配ないよ。気の短いことで知られてるという唐津のことだから、多分、こっちの胸倉を摑むだろう」

「公務執行妨害で検挙(アゲ)るんですね？」

「うん、まあ。そんな姑息(こそく)な手を使わなくても、おそらく銃刀法違反で緊急逮捕できるだろう。それよりも、油断するなよ。運転手はともかく、ボディガードの男は拳銃(ハンドガン)を所持してるはずだ」

波多野は相棒に忠告した。捜査対象者が筋者(すじもの)とあって、二人とも拳銃を携帯していた。

波多野はシグ・ザウエルP230Jをホルスターに入れている。日本でライセンス生産されている自動拳銃だ。

シグ・ザウエルP230Jを持つ刑事が多い。

志帆はS&Wレディースミスを携行している。女性向けに開発された護身銃で、基本的にはS&Wモデル三九一四と変わらない。口径九ミリで、フル装弾数は九発だ。弾倉には八発しか納まらないが、初弾を薬室に送り込んでおくことで一発プラスされるわけである。

「このまま朝まで張り込むことになったら、二人とも〝人間シャーベット〟になりそうですね」

志帆が言って、両手を擦り合わせた。

捜査車輛のエンジンは切ってある。エアコンディショナーは作動していない。車内の空気は冷え切っていた。

「盛り場での張り込みなら、エアコンを使えるんだが、ここは閑静な住宅街だからな」

「そうですね。相棒刑事が同性ならば、体をくっつけ合って、暖を取ることもできるんですけど」

「いまだけ女になってもいいよ」

「え？」

「冗談さ」

「びっくりしました」

「口説かれると思ったか？」

「まさか……」

「そうだよな」

波多野は高く笑った。われながら、笑い方がぎこちなかった。志帆とコンビを組んで二日目だが、少しずつ〝見えない壁〟が崩れはじめているように思える。

しかし、志帆の心の蟠り（わだかま）が完全に消えたわけではないだろう。四年前の二月十日の夜、波多野が相棒刑事の保科圭輔に注意を促したばかりに志帆は最愛の夫を喪い（うしな）、遺児の翔太を女手ひとつで育てなくてはならなくなった。

波多野に法的はもちろん、道義的な責任もないことは彼女もわかってくれているにちがいない。それでも、やはり感情的な拘り（こだわ）はあるのではないか。

志帆の上着のポケットで、スマートフォンが震えた。相棒がスマートフォンを取り出し、ディスプレイを覗いた。

「息子からの電話です。ちょっと出てもかまいませんか？」

「もちろんだよ。こっちは、車の外に出てたほうがいいかな」

「いいえ、そのままで結構です」

「そう」

波多野はフロントガラスの向こうを透かし見た。

長瀬邸の門の向こうには、灰色のプリウスが闇の底でうずくまっていた。覆面パトカーだ。車内には、町田署の岡江刑事と波多野の部下の石渡巡査が乗り込んでいる。

運転席にいるのは石渡だった。

ヘッドライトは灯っていない。エアコンディショナーも使っていないのだろう。

「怖い夢を見たら、寝られなくなっちゃったのね？　翔太、ママを困らせないで。そう、まだ仕事があるから、お家には帰れないのよ」

志帆が優しく息子に声をかけている。

当然のことながら、翔太の声は波多野の耳には届かない。

「何を言ってるの！　翔太よりも仕事が好きだから、夜中まで働いてるわけじゃないわ。もちろん、翔太のことは大好きよ。ママの宝物だもの」

「………」

「翔太、よく聞いてちょうだい。ママはね、パパの代わりにずっと働きつづけなきゃならないの。ええ、そうよ。そうしないと、ママも翔太もご飯を食べられないし、洋服も買えないでしょ?」

「………」

「翔太は男の子だから、パンツ一丁でもいいって言うけど、ママは大人の女だから、下着だけじゃ暮らせないのよ。そんな恰好じゃ、翔太の好きなプリンやチョコバーを買いに行けないでしょう?」

「………」

「うん、そうね。パパの洋服が一杯遺ってるけど、男物だから、ママは着られないの。そうよ、ご飯だって食べなきゃ、元気に働けないわ」

「………」

「翔太は、いい子ね。ママの言うことがわかってくれたんだ? そうしてね。ちゃんと掛け蒲団と毛布を掛けるのよ」

「………」

「保育園に行く時間までには家に帰れると思うわ。翔太、いい子にしててね。はい、お寝みなさい」

志帆が電話を切って、目頭を押さえた。涙ぐんでいるようだ。

波多野は少し時間を遣り過ごしてから、相棒に話しかけた。

「翔太君はママがそばにいないんで、熟睡できないみたいだね。不安でたまらないんだろうな。この車で町田署に戻って、早く家に帰ってやれよ。深夜、幼い子供をひとりだけにしておくなんて、かわいそうだ。安西刑事にはうまく言っとくから、張り込みから外れろって」

「いつも甘えるわけにはいきません。子供には寂しい思いをさせますけど、仕方ありませんよ。翔太には父親がいないんですから」

志帆が言った。他意はなかったのだろうが、彼女の言葉は波多野の胸に重くのしかかってきた。暗に咎められた気がして、とっさに何も言えなくなってしまった。

「波多野さんに八つ当たりしたつもりはなかったんです。でも、少しデリカシーがなかったと思います。ごめんなさい」

「何も謝ることはないさ。それより、団地で親しくしてる主婦はいないのか？」

「何人か親しくしてる方たちはいますけど、その方たちのどなたかのお宅に翔太を預かってもらうには、それなりのお礼をしなければならないでしょ？　手取り二十数万円の俸給では、とても謝礼を払う余裕なんかありません」

「そうなんだろうが、まだ翔太君は四つなんだ。鍵っ子にするには幼すぎるよ。静岡の実家に戻るわけにはいかない事情があるなら、子供が小学校に入学するまで交通課あたりで働いたほうがいいんじゃないのか？」

「交通課なら、毎日、午後六時過ぎには帰宅できるでしょうね。でも、わたしは保科の遺志を継いで、一人前の刑事になりたいんです」

「その気持ちはよくわかるよ。しかしね、まだ翔太君は幼児なんだ。夜、ひとりで家で待たせるなんて、酷すぎると思うな」

「ええ、それはわかっています。だけど、仕方ないんですよっ」

　志帆が苛立(いらだ)たしげに語気を強めた。

「誤解してほしくないんだが、きみが帰宅するまで翔太君を預かってくれる近所の主婦がいたら、その謝礼をこっちに立て替えさせてくれないか」

「わたしたち母子を憐(あわ)れんでるんですか？」

「そうじゃない、そうじゃないよ。謝礼を肩代わりするといっても、別に金を恵んでやるってことじゃないんだ。催促なしで貸してやるって意味だよ。生活にゆとりができたら、少しずつ返済してくれればいい」

「お気持ちはありがたく頂戴しておきますけど、波多野さんに金銭的な負担をかけたくないんです」

「それは、わたしがきみたち一家を不幸にした人間だからなんだな」

波多野は訊いた。

「いいえ、そういうことじゃないんです。わたし、負けず嫌いですから、誰にも甘えたくないんですよ。他人だけじゃなくて、身内にもね。かわいげのない女で、すみません」

「きみがそう言うなら、さっきの申し出は引っ込めよう。忘れてくれ」

「波多野さんのご親切は、ずっと忘れないと思います」

「感謝されるようなことを言ったわけじゃない。保科君は四年前の捜査で相棒だったわけだから、なんとなく黙って見ていられなくなっただけなんだよ。隣人愛とか人間愛なんて大仰なことじゃなく、ただのお節介なんだ。こっちはバツイチの独り身だから、六、七万の金ならば、無理なく回せると思ったんだよ」

「お気遣いは本当に嬉しかったですよ。波多野さん、もう話題を変えません？」

志帆がことさら明るく言った。波多野は黙ってうなずいた。そのすぐ後、またもや相棒のスマートフォンに着信があった。

「また翔太からです」

志帆が発信者を確かめ、苦く笑った。

波多野は、ふたたび窓の外に視線を投げた。動きはなかった。

「おねしょしちゃったの？　ううん、怒ったりしないわよ。別のパジャマと下着に着替えて、ママの蒲団で寝なさい」

「…………」

「ママの蒲団は押入れの上の段に入ってるから、取り出せない？　翔太、頭を使いなさいよ。食堂テーブルの椅子に乗っかれば、引っ張り出せるでしょ？」

「…………」

「やってもみないで、できないと言わないの！　わかった？　とにかく、やってみて。いいわね」

志帆が電話を切った。波多野はすぐに口を開いた。

「こっちはプリウスに移る。きみはスカイラインで署に戻って、自宅に帰ってくれ。翔太君がまた風邪をひいたら、困るだろう」

「でも……」

「いいから、言う通りにしてくれないか」

「波多野さん、わたしの家のことはどうかご心配なく」

志帆が言った。

「わたしは保科君の息子のことを心配してるんだ。翔太君は、きみだけの子供じゃないぞ」

「そうなんですが、職務をきっちり果たしたいんですよ」

「家族よりも大事な仕事なんかない。幼い子が寝小便をして困ってるんだ。母親なら、急いで家に帰るべきだな。サイレンを鳴らして、町田に引き返すんだ」

波多野はスカイラインを降り、プリウスに向かって歩きだした。一分ほど経つと、志帆が覆面パトカーを発進させた。

プリウスはアイドリング音を響かせていた。

波多野は後部坐席に乗り込むなり、部下の石渡の背をつついた。

「エンジンを早く切れ！　張り込みに気づかれるだろうがっ」

「すみません！　岡江さんが寒くて死にそうだと言ったんで、つい……」

「波多野警部、石渡君をあまり叱らないでくださいよ。わたし、宮崎育ちなんで、寒さに弱いんですよね。だから、エアコンを点けろって言ったんです」

岡江が弁解した。石渡がエンジンを切る。

「張り込み中なんだから、少々の寒さは我慢してほしいな」

「半端な冷え込みじゃないでしょ、今夜は」

「とにかく、アイドリング音を聞かれるのはまずいな」

「わかりました。町田署の保科はどうしたんです？」

「先に帰らせたんだ、二台で長く張り込んでると唐津たちに勘づかれるかもしれないんで」

波多野は言い繕った。

「そうだったのか。保科はシングルマザーだから、子供のことが気になって仕事に身が入らないんで、波多野さんが帰らせたんだろうと思ってたんですよ」

「そうじゃない。彼女は任務をきちんと遂行する気でいたんだ」

「子供が気の毒だな、仕事熱心な母親なんでね。保科はさっさと刑事なんか辞めて、民間会社の事務員になればいいんですよ」

「保科巡査長は、死んだ夫の代わりに強行犯係の刑事になりたがってるんだ。職場のみんなが彼女を支えてやってもいいんじゃないのかな」

「四、五十代の未亡人刑事なら、そういう気持ちにもなるんでしょうね。けど、保科はまだ三十ですからねえ。色気がむんむんしてるから、同僚の野郎どもはなんか落ち着かなくなっちゃうんですよね。波多野警部も保科と暗い車の中で二人っきりでいたら、妙な気持ちになったんじゃないんですか？」

「彼女とは十三も年齢が離れてるんだ。おかしな気なんか起こさないさ」

「波多野さんは紳士なんだな。ご立派、ご立派！」

岡江刑事が揶揄し、口を閉ざした。白けた表情だった。

「唐津組長は脇が身柄を確保されたことを知って、長瀬真也と何か相談してるんでしょうが、ちょっと長居しすぎですよね？」

石渡が波多野に話しかけてきた。気まずい空気を和ませたかったのだろう。

「そうだな」

「唐津と長瀬は脇太陽が全面自供したら、もう逃れようがないと思って、二人で自棄酒でも飲んでるんですかね？」

「どうなんだろうな」

「そうだとしたら、ロールスロイスの中で待たされてる運転の若い衆とボディガードはたまらないっすね」

「だからって、親分を置き去りにして先に帰るわけにはいかないだろう？」

「そうっすね」

「ドライバーと番犬はひたすら待ってるんだ。われわれも辛抱強く張り込もう」

波多野は口を結んだ。

それから十数分が過ぎたころ、長瀬邸のガレージの鉄扉(てっぴ)が開けられた。黒いロールスロイス・ファントムのフロントグリルが覗いた。

「石渡、早く車を出せ。ロールスロイスの行く手を塞(ふさ)ぐんだ！」

波多野は部下に命令した。石渡がエンジンを始動させ、プリウスを急発進させた。地を這(は)うように静かに滑り出てきた超高級外車が急停止した。ブレーキ音は、ほとんど聞こえなかった。五千万円近い外車は造りが違うようだ。

波多野はプリウスの後部坐席から降り、ロールスロイスに近づいた。リアシートには唐津等が乗り込んでいた。大島紬の袷(あわせ)を着込み、ゆったりと腰かけている。

波多野は張り込む前に本庁組対(そたい)四課から取り寄せた唐津の顔写真を見ていた。闘犬を連想させるようなマスクだった。色も浅黒い。

「なんの真似(まね)でえ！」

ロールスロイスの助手席から降りたボディガードらしき丸刈りの男が吼(ほ)えた。波多野は警察手帳を呈示しながら、高級外車の後部坐席に回り込んだ。

「何か令状(オフダ)を持ってるのか？」

「引っ込んでろ！」

「なんだと⁉」

丸刈りの男が気色(けしき)ばんだ。ドライバーは明らかに取り乱していた。

岡江と石渡が駆け寄ってきて、丸刈りの男の両脇に立った。後部座席のパワーウインドーのシールドが音もなく下がった。

「なんの騒ぎだ?」

「警察の者だ。脇太陽が落ちたよ」

「なんの話なんだ?」

唐津が首を捻(ひね)った。

「空とぼける気か?」

「え?」

「ちょっとライターを貸してくれ」

波多野は右腕を伸ばして、唐津の左の袂(たもと)に手を差し入れた。すると、指先に万年筆のような物が触(ふ)れた。抓(つま)み出す。

「こいつがペン型の特殊拳銃だな。脇が教えてくれた通りだ。元俳優は、あんたが護身用にいつもこれを持ち歩いてると教えてくれたんだよ」

「あのくそガキめ!」

「銃刀法違反で現行犯逮捕する。車から出るんだ。国産の覆面(メン)パトは乗り心地がよくないが、町田署まで我慢してもらうぞ」

「町田署だって⁉」

　唐津の声は裏返っていた。

「そうだ」

「脇の奴は町田署にいるのか？」

「そうだよ」

「なんで町田署なんかで野郎は取り調べられてるんでぇ？」

「自分の胸に訊くんだな？　早く降りろ！」

　波多野は一メートルほど後退した。唐津がロールスロイスから降りてきた。すかさず波多野は、組長に前手錠を打った。

3

　採光窓の外が明るみはじめた。

　町田署の取調室3だ。予備班の安西班長が机を間にして、緊急逮捕した唐津と睨み合っていた。記録係の滝沢は懸命に睡魔と闘っている。

波多野は壁に凭れたまま、左手首の腕時計を見た。午前五時半を回っていた。

「夜更けに取り調べをするのは違法じゃねえか。そのことを弁護士に言うからな。おたくは青梅署あたりに飛ばされるぜ」

唐津が安西に毒づいた。

「全面自供すれば、脇太陽と同じように留置場で横になれたんだよ。あんたも一家を構えてる男なんだから、潔く何もかも吐いたらどうなんだっ」

「同じことを何遍も言わせるんじゃねえ！　脇のガキが何を言ったか知らねえけど、おれは長瀬さんに何も頼まれちゃいない。おれがなんで脇に寺内とかいう司法書士を殺らせなきゃならねえんだ？」

「長瀬真也は国会議員の橋爪忍に三億円の裏献金を渡した、六年五カ月ほど前にな。東京地検特捜部の綿貫恭平検事は長瀬たち二人を任意で取り調べて、それぞれ贈賄と収賄の容疑で起訴するつもりでいた」

「その話は、もう聞いたよ」

「黙って話を聞け！」

安西が一喝した。唐津は薄笑いをして、分厚い肩を竦めた。

「しかし、長瀬も橋爪も不起訴処分になった。そうなったのは、綿貫検事に個人的な恨みを持ってた寺内が物証や検事調書をくすねて、汚職の事実を揉み消したからだろう。当時、綿貫に仕えてた寺内は担当検事の致命的なスキャンダルを押さえたようなんだよ」

「その話も、もう聞いた」

「黙れ！」

今度は記録係の滝沢が叱った。唐津が鋭い視線を滝沢に注いだ。

「若いの、いい度胸してるな。おれは唐津組の組長だぜ」

「それがどうしたっ」

「てめえ、殺すぞ」

「やれるものなら、やってみろ」

「滝沢、少し冷静になれ」

波多野は部下を窘めた。滝沢が不満顔で口を閉ざした。

「先夜、自宅で刺殺された寺内隆幸が長瀬と橋爪の汚職の揉み消しをしてやったことの見返りとして、『新東京フィットネスクラブ』の開業資金と運転資金を全日本商工会議所の副会頭に提供させたことはほぼ間違いないだろう。せびった金の額まではまだ把握してないがな」

安西が唐津に言った。

「国会議員も寺内って野郎に無心されたのかい？」

「それは不明だが、鳥居坂にある高級スポーツクラブが入ってる円錐形のビルの所有者は橋爪議員の妻の実兄であることはわかってる。若手財界人の長瀬と違って、橋爪は唸るほど金を持ってるとは考えにくい。だから、寺内は国会議員の義兄の持ちビルを只同然で借り受けたいと脅しをかけたんだろう。借りのある橋爪は、寺内に逆らうことができなかったにちがいない」

「そうなのかねえ」

「寺内は検察事務官を辞めてから司法書士になった。しかし、その表稼業では年収七、八百万円しか稼いでなかったんだ。だが、愛人の佐久間舞衣を『新東京フィットネスクラブ』のダミー社長にして、年商数億、いや、数十億円も上げてたんだろう。寺内の裏収入は少なく見積もっても、年に一、二億円はあったと思われる」

「高額所得者じゃねえか」

「そうだな。寺内は事業の出資者を〝貯金箱〟と呼んでたらしい。橋爪議員はともかく、長瀬コンツェルンの二代目総帥は無尽蔵に金を遣える身だ。寺内は一生、贅沢な生活ができると思ってたんだろう」

「かもしれねえな」

　唐津が同調した。

「長瀬は大金持ちだが、寺内ごときに際限なく強請られては堪らないと思うようになって、おまえに脅迫者を始末してくれと頼んだんじゃないのか？　おまえは長瀬に恩を売っておいて損はないと算盤を弾いて、構成員の脇太陽に舞衣をコマせと命じた。元俳優はおまえの指示に従って寺内の愛人と親密になり、ダイヤのピアスを片方だけうまく手に入れた。そして二月九日の夜、脇はおまえから渡されたマカロフＰｂを持って、寺内宅に押し入った。銃弾を一発だけしか放たなかったのは、殺しの快感を長く味わいたかったからだろう。で、脇はダガーナイフで寺内の命を奪った。現場に舞衣のピアスを落としたのは、彼女のために寺内を殺害したと思わせるための稚拙な偽装工作だったわけだ」

「脇の小僧がそう供述したのか？」

「そうだよ。脇は、殺人を教唆したのが組長ではないことを強く印象づけたくて、浅知恵を絞ったんだろうな」

「おれは長瀬さんに何も頼まれちゃいねえし、脇に寺内って奴を殺れとも言ってねえよ。それから、マカロフＰｂも渡してねえぞ」

「唐津、往生際が悪いな」

安西が呆れ顔で言い、セブンスターをくわえた。

「おれも葉煙草を喫いたくなった。右の袂に入ってるから出してくれや。手錠打たれたままじゃ、てめえじゃ出せねえからな」

「いまから禁煙したほうがいいと思うよ。留置場でも刑務所でも煙草は喫えないからな」

「くそったれめ！」

唐津が喚いて、両の拳で机上を叩いた。手錠が硬い音をたてた。

「そっちは、脇太陽が個人的な理由で寺内隆幸を刺し殺したと思ってるのか？」

波多野は目をしばたたかせながら、唐津に話しかけた。さすがに瞼が重かった。

「そうなんだろうな。おれは、奴に何も指示してねえから」

「長瀬真也が脇太陽にダイレクトに寺内殺しを依頼した可能性は？」

「それはねえだろう。二人は会ったこともねえはずだし、若手財界人が下っ端の構成員に頭を下げるなんて考えられねえよ」

「一面識もないなら、そっちの言う通りだろうな。脇が組の武器保管庫から無断でロシア製の消音型拳銃を盗った可能性はどうだ？」

「その質問には答えられねえな。うっかり喋ったら、組事務所や幹部たちの家に家宅捜索かけられそうだからね」

「家宅捜索なんかしないよ。組のマカロフPbが一挺消えたんだな？」

「ノーコメントだ。脇のガキを叩き起こして、ここに連れてきてくれ。あの野郎、おれを悪者にしやがって。太え奴だよ、まったく！」

「そんなことはできない」

「だったら、長瀬さんに直に訊いてくれ。おれに寺内を消してくれって頼んだことがあるかどうかってな」

「長瀬が全面的に否定しても、その疑いは消えないんだよ」

安西が煙草の火を消しながら、唐津に言った。

「どうしてでえ？」

「組長、頭がよくないな。長瀬と橋爪は六年五カ月前に東京地検特捜部の綿貫検事にどっちも贈収賄容疑で取り調べられてるんだ、任意だったがな。贈収賄の件を寺内に揉み消してもらったことをつつかれたら、二代目総帥は立場が悪くなるだろうが？」

「長瀬さんも橋爪議員も裏献金の受け渡しなんかやってなかったんじゃねえの？　だから、二人とも不起訴になったんだろうよ」

「担当だった綿貫検事は、被疑者をほぼ百パーセント起訴してたんだ。汚職の証拠を押さえてたことは間違いない」

「そうなのかね？」

「おまえ、長瀬とはつき合いが長いんだったな。綿貫検事の弱みを握って、少しビビらせてくれって彼に頼まれたんじゃないのか？」

「何を言いだしやがるんだ。おれは、何も頼まれちゃいねえって」

「嘘じゃないな？」

「しつこいぞ」

「長瀬から寺内に事業資金をたかられたことは聞いてるよな？」

「そんな話は一度も聞いたことねえな。寺内って野郎は、どこかの資産家にうまいことを言って、『新東京フィットネスクラブ』の開業資金と運転資金を出させたんじゃねえのか？　長瀬さんや国会議員の先生は、別に強請られてねえと思うよ」

「長瀬は橋爪に裏献金なんか渡してないんじゃないかと言いたいわけか？」

「ああ、その通りなんだろうな」

「喰えない奴だ。脇太陽はな、寺内殺しの成功報酬として、おまえが『新東京フィットネスクラブ』の経営権を貰えることになってるんじゃないかという意味のことを言ってたんだ」

「そんな話は、でたらめだよ。脇のガキは、おれをどうしても陥れてえんだな。というか、捜査当局の目を逸らしてえんだろうな。あいつは誰かをかばってるんだよ。ああ、そうに決まってらあ」

　唐津が断定口調で言った。

「思い当たる人物がいるのか？」

「いねえよ、別に」

「きのうの夜、田園調布の長瀬邸を訪ねたのは情報屋か誰かに脇太陽が身柄を確保されたって教えられたんで、寺内殺しの依頼人とこに行ったんだろう？　どんな手を打つことになったんだ？」

「また、その話を蒸し返すのかよ！　長瀬さんに『ロマネ・コンティを一緒に飲もう』って誘われたから、遊びに行っただけだと言ったじゃねえか」

「その話を鵜呑みにするほど警察はお人好しじゃないんだ。唐津、もう肚を括れよ」

「ふざけんな。ペン型特殊拳銃は歌舞伎町の風林会館の近くで、楊とかいう中国人にプレゼントされたと自白ったろうが。そいつが上海マフィアのメンバーかどうかは、おれは知らねえ。銃刀法違反は認めたんだから、さっさと地検送りにしろ！　おれは疲れてるんだ。とにかく、早く独居房で寝かせてくれ」

「全面自供したら、留置場に移してやるよ」

安西が言った。

唐津が獣じみた唸り声をあげ、天井を仰いだ。狭い額には青筋が立っていた。

「ちょっと……」

波多野は安西の肩を軽く叩き、取調室3を出た。通路を十数メートル歩いて、刑事課の出入口の近くにたたずむ。

待つほどもなく安西がやってきた。

「少し仮眠をとったら、唐津を嘘発見器にかけてみましょう」

「その必要はない気がするな」

「波多野さんは、脇太陽の供述に信憑性はないと……」

「結果的には、そういうことになるんだろうな。わたしの第六感なんだが、唐津は嘘はついてない気がするんだ」

「唐津は長瀬から寺内を片づけてくれとは頼まれてない？」

「まだ断定はできないが、そんな心証を得たんだ。ただ、唐津は『新東京フィットネスクラブ』の彦根経理部長の失踪に関与してるかもしれないな」

「長瀬真也に頼まれて、唐津は彦根卓郎、五十七歳を組員たちに拉致させ、どこかに監禁してるんですか？」

「ああ、ひょっとしたらね」

「長瀬は、どうして彦根を拉致させたんです？」

「そうだったとしたら、経理部長が寺内隆幸から預かった物を手に入れたいんだろうな」

「それは、贈収賄を裏付ける証拠の類（たぐい）なんですか？」

「そうだね。寺内が長瀬から事業資金を脅し取ったとしたら、保険になるような切札は手放さないと思うんだ」

「当然でしょうね。いつ長瀬に逆襲されるかもしれないから」

「そうだね。寺内は汚職の証拠だけではなく、自分と長瀬や橋爪との密談テープもしっかり保存してたんじゃないかな？」

「ええ、そうでしょうね」

「しかし、そういった物を自宅や事務所に置いとくのは危険だ。長瀬たちに奪われるかもしれないからね。愛人の舞衣に預けるのもリスキーだな」

「そうですね。そこで、寺内は経理部長の彦根に保管を頼んだ？」

「こっちは、そう推測したんだ。寺内は超高級スポーツクラブの経営者だが、表向きは愛人を社長にして、彼女の父方の従兄弟たちを役員に据えてた。彦根に二重帳簿を作らせて、儲けの大半を吸い上げてたにちがいない。自分の不正を晒すわけだから、経理部長には破格の給料を払ってたんだろう」

「そうなんでしょうね。それから寺内は、彦根が決して自分を裏切らないと信用してたんじゃないですかね？」

「多分、そうなんだろうね。だから、自分の切札を彦根卓郎に預けたんだろう」

波多野は言った。

「そうなのかもしれませんね。そうだったとしたら、長瀬は唐津に寺内の切札を奪ってくれと頼んだだけで、殺しまでは……」

「わたしは、そう読んだんだ。彦根の行方を追ってる別班から何か報告は上がってきたのかな？」

「残念ながら、何も手がかりは得てないようなんですよ」

「そうか。唐津を揺さぶったほうが早そうだね」

「波多野警部、あなたが唐津を揺さぶってくれますか。わたしは、どうも舐められてしまったようだから、空とぼけられそうなんで」

安西が言った。

「わたしが取り調べてみよう。この際、反則技だが、鎌をかけて唐津を引っかけるか」

「お任せします」

「了解！　戻ろう」

二人は取調室３に引き返した。波多野は唐津と向かい合った。

「おたくは桜田門の人間だったたな。いきなり袂に手を突っ込まれたときは、やられたと思ったぜ。本庁の刑事は洒落たことをやるじゃねえか。それはそうと、おれんとこの若い者はちゃんと帰らせてくれたよな？」

「ああ、ドライバーも用心棒も無罪放免さ。二人とも物騒な物は所持してなかったんでな。てっきり護衛の男は懐に拳銃を忍ばせてると思ってたがね」

「身体検査が甘かったな。ボディガードの踝まで同僚がチェックしたが、胸ポケットに入れてたフレームの太い眼鏡までは検べなかったよな？　フレーム部分が吹き矢になってたんだ。中にはクラーレという毒液を塗った矢が仕込まれてたんだぜ」

「えっ⁉」

「冗談だよ」

唐津が嘲笑した。安西がいきり立ったが、波多野は挑発には乗らなかった。

「取調官が替わっても、おれは供述を変えねえよ。変えようがねえからな」

「脇太陽絡みの話は、もうしないよ」

「そいつはありがてえな。いい加減うんざりしてたんだ」

「二月五日のことなんだが、『新東京フィットネスクラブ』の彦根経理部長を唐津組の組員たちが車で連れ去ったという目撃情報が警察に寄せられてるんだよ」

波多野は澄ました顔で鎌をかけた。反則技は効果があるのか。予想は五分五分だった。

「おれを引っかけようとしてるんだろうが、組の者にそんなことはさせてねえ。第一、なんとかって経理部長とは何も利害はねえんだ。そんな男を拉致させるわけねえじゃねえか」

「そっちと彦根には、なんの利害もない。しかし、長瀬真也にとっては見過ごすことのできない相手なんだよ」

「どういうことなんだ？　説明してくれや」

唐津が言った。心なしか、少し動揺しているように見えた。

「いいだろう。先夜、自宅で殺害された寺内は長瀬が橋爪議員に三億円の裏献金を手渡した場面を動画撮影したデータを東京地検特捜部からこっそりと持ち出して、六本木の高級スポーツクラブをオープンしてから、彦根経理部長に預けたんだよ。寺内は贈収賄の事実を揉み消した見返りとして、長瀬から開業資金と運転資金を提供させたんだ。裏取引をしたわけだが、元検察事務官は事業が軌道に乗るまで長瀬から金をせびる気だったんだよ。実はな、警察は贈収賄の動かぬ証拠となるメモリーをもう入手してるんだ」

波多野ははったり(ブラフ)を口にした。際どい賭けだったが、無駄ではなかった。

「なんだって⁉」

「寺内は、大事な切札を長瀬に奪われることを警戒してたのさ。で、彦根に汚職を証拠だてる画像や長瀬との裏取引の会話を録音したＩＣレコーダーを預けたんだよ。町田の自宅や事務所に置いといたら、いつ長瀬に雇われた連中に強奪されるかもわからないからな」

「けど、おれは若い者(もん)に彦根とかいう経理部長を拉致しろなんて命じてねえぜ」

「唐津、もう長瀬を庇(かば)っても無駄なんだよ」

「え？」

「少し前におれと安西刑事は席を外したよな？」

「そうだったな」

「あのときな、捜査員のひとりが報告にきたんだよ。長瀬真也がおたくに彦根を締め上げて、寺内から預かった物の保管場所を吐かせてくれって頼んだことを認めたとな」

「嘘だろ⁉　長瀬さんがそれを認めたら、橋爪議員に三億円の裏献金を渡したことを白状したことになるんだぜ。そんなことをするわけねえ」

「長瀬は、もう逃げられないと観念したんだろうな。そっちも、もう諦めたほうがいい。彦根はどこにいる？　監禁してる場所はどこなんだ？」

「………」

「監禁罪は重いんだが、そっちが協力的なら、減刑を働きかけてやるよ」

「長瀬さんが吐いたんだったら、仕方ねえな。彦根って経理部長は荻窪のおれの家の納戸に閉じ込めてあるよ。一日に菓子パン一個とペットボトルのお茶しか与えてねえんだが、あのおっさんは寺内から預かった物のありかを頑として教えねえんだ。寺内から年俸三千万円貰ってたという話だから、死んだ人間に義理立てしてんだろう。律儀な野郎だぜ。いまどき渡世人だって、そんな奴はいねえっていうのにな」

「やっぱり、そうだったのか。そっちのおかげで、長瀬真也に任意同行を求めることができる。彦根経理部長も保護できるだろう」

「て、てめえ、誘導尋問でおれを引っかけやがったんだなっ。汚えぞ」

　唐津が憤りを露にした。

「一般市民にこんな反則技は使わない。そっちは堅気を泣かせてるアウトローだから、ちょっとアンフェアな手を使ったんだ。しかし、約束はちゃんと守るよ。捜査に協力してくれたわけだから、監禁の罪には少し手心を加えてやる」

「彦根を拉致させたことはそっくり目をつぶってくれねえか。ほかのことでも協力するからよ」

「ほかのこと？」

「ああ。一月下旬、組事務所の隠し金庫に入れてあったマカロフPbが銃弾と一緒に盗まれたんだ。その日は三人の若い衆が事務所番してたんだが、そのうちのひとりは脇だったんだよ。あのガキが消音型拳銃をかっぱらって、寺内の自宅に押しかけたんだろう。奴を刺客に仕立てた黒幕はわからねえけどさ」

「いまの情報は、サービスってことにしてくれ。そっちは銃刀法違反のほか拉致監禁教唆で地検に送致されることになる。もう朝になったが、独居房でぐっすりと眠ってくれ。お疲れさん！」

波多野は椅子から立ち上がった。唐津が意味不明の言葉を口走った。舌打ちもした。

「長瀬宅と唐津の自宅に捜査班の人間を向かわせます」

「よろしく！　眠気醒ましのコーヒーを飲んでくる」

波多野は安西に言って、肩口で取調室3のドアを押した。

叫んだ気がする。

4

波多野は跳ね起きた。仮眠室のベッドの上だ。波多野は手の甲で額の寝汗を拭った。四年前の辛い記憶が夢に顕われたのである。保科圭輔がクラウンに撥ねられて宙を舞った場面で、夢は断ち切られた。現実に起こったシーンとまったく同じだった。

波多野は腕時計に目をやった。午前九時四十分だった。慌てた。一時間ほど横になるつもりだったが、つい寝過ごしてしまった。ベッドを離れ、冷たい水で顔を洗う。歯も磨いた。次第に頭が冴えてくる。

波多野は手で髪を撫でつけ、仮眠室を出た。

捜査本部に入ると、すぐ近くに保科志帆がいた。今朝も美しく輝いている。眩しいほどだった。

「おはようございます。昨夜はありがとうございました」

「なあに。翔太君は安心して寝めたかな?」

「添い寝をしてあげたら、ぐっすりと……」

「それはよかった。長瀬真也は任意同行に応じたのかな？」

「はい。予備班の安西班長が取調室1で取り調べ中です。署長は相手が財界人のひとりなんで、刑事課の会議室で聴取しろと安西班長に言ったらしいんですが、田丸課長が取調室に入れるべきだと主張したそうです」

「そう。唐津の自宅に監禁されてた彦根卓郎は別班がもう保護したんだね？」

波多野は訊いた。

「ええ。いま刑事課の会議室で町田署の田丸と本庁の名取警部補が彦根さんから事情聴取してます」

「そうか。で、彦根経理部長が寺内から預かった物を手に入れたのか？」

「ええ。寺内が切札に使った汚職の証拠、検事調書、密談音声メモリーなどの存在を調べ上げました。波多野さん、コーヒーを淹れましょうか？」

「後でいいよ」

「かなりお疲れの様子ですね」

志帆が気遣いを示した。

「数時間仮眠をとったから、大丈夫だよ。安西班長と本庁の滝沢は一睡もしてないんだろうか」

「お二人とも唐津が独居房に入ってから、武道場で横になったそうですよ。長瀬が来るまで熟睡したみたいです」

「そうか。ちょっと彦根に会ってくる」

波多野は捜査本部を出ると、下の階に駆け降りた。刑事課に入り、奥の会議室に足を踏み入れた。

田丸課長と部下の名取が振り返った。彦根卓郎はテーブルの向こう側に坐っていた。やつれが目立つ。六十代の後半に見えた。

「やっぱり、彦根さんは寺内から汚職の証拠、検事調書、長瀬や橋爪との密談音声メモリーを預かってたそうですよ」

名取が報告した。

「そのことは保科刑事から聞いている。それだけだったのか？」

「ほかには、綿貫検事がお忍びで通ってた会員制のＳＭクラブで隠し撮りされたビデオもあるそうです。鬼検事と呼ばれてた綿貫は真性のマゾヒストで、Ｓ嬢に嬲られて本気で悦んでたようですね」

「そうか。人間はわからないもんだな。そうした性癖があったんで、綿貫は寺内の脅迫を撥ねのけられなかったんだろう。で、それらはどこにあるんだって？」

「宮前平の彦根宅の庭に埋めてあったのを、町田署の二人が掘り起こして持ち帰ってきました」

「そうか」

波多野は部下に応じ、彦根に顔を向けた。

「ご迷惑をかけてしまって、申し訳ありませんでした」

彦根が詫びた。心底、済まなそうだった。

「唐津組の若い者に監禁されて、怕かったでしょう？」

「ええ、それはね。でも、寺内さんにはよくしてもらいましたんで、殺されても預かった物のありかは教えないつもりでした。二流の商事会社で働いてたわたしを年収三千万円でスカウトしてくれたんですから、寺内さんは」

「そうなんだろうが、あなたも不正の片棒を担がされたんですよ。二重帳簿を作成したことは商法や税法に触れることですからね」

「はい。そのことで罰せられても、仕方がないと思ってます。しかし、寺内さんは死んだように生きてたわたしに日々の張りを与えてくれた方です。刑事さん、寺内さんを刺し殺した犯人を早く刑務所にぶち込んでください」

「もちろん、そのつもりです。彦根さん、殺された寺内隆幸は長瀬や橋爪のほかに誰かに恨まれてませんでした？」

　波多野は問いかけた。

「長瀬が唐津組の者に寺内さんを殺らせたんじゃないんですか？」

「実行犯は脇太陽という組員なんですが、殺しの依頼人は長瀬じゃないようなんですよ。組長の唐津も寺内殺しは指示してないと言ってます」

「そうなんですか」

「生前、寺内はあなたに何か洩らしてませんでしたか？」

「そういえば、去年の暮れに寺内さんは酔って妙なことを言ったな」

「どんなことを言ったんです？」

「今年の夏までにネット通販の新会社を興すつもりなんだが、自分がまた長瀬に事業資金を提供させると殺されるかもしれないから、誰か別人に〝汚れ役〟を引き受けてもらわないとなんて呟いたんですよ」

「そのニュアンスだと、寺内は長瀬や橋爪のほかにも急所を握ってる人物がいる感じだな」

「ええ、そうですね。わたしも、そう感じました」

「寺内は、その謎の人物に長瀬の贈賄の揉み消しの件を教えて、強請の代役を押しつける気でいたのかもしれないな」

「つまり、そいつに新事業の資金を長瀬から脅し取らせるつもりだったたってことだね？」

田丸課長が波多野に確かめた。

「ええ、そうです。寺内に弱みを押さえられてる正体不明の人間が先手を打って、脇太陽を刺客に仕立てたとも推測できますでしょ？」

「そうだね。脇のバックに長瀬も唐津もいなかったとなれば、そういう筋読みもできるな」

「脇太陽の交友関係を洗い直してみましょう」

「そうしてくれないか」

「田丸さん、彦根さんを拉致した実行犯の手配は？」

「実行犯の二人は、すでに緊急手配したんだ。どちらも下っ端の構成員で、まだ二十代の後半です。きょう中には身柄を確保できると思う。その二人と長瀬、唐津の送致はわたしがやります。捜査班は長瀬を完落ちさせて、脇の再取り調べと交友関係の洗い直しに専念してください」

「わかりました。彦根さんが寺内から預かった物をちょっとお借りします」

波多野は会議室を出ると、長瀬のいる取調室に移った。

長瀬真也は腕組みをして、向かい合った安西を睨みつけていた。記録係の滝沢はキーボードに両手を翳(かざ)しているが、パソコンのディスプレイには、わずか数行しか文字は打ち込まれていない。

最近は供述調書をパソコンで打ち込む警察署が増えたが、いまだに手書きで記録している所轄署もある。波多野は個人的には、取調室にビデオカメラを設置し、取り調べ中の画像と音声を判決が下るまで保存すべきだと考えている。

そうなれば、誤認逮捕や不当な取り調べは減るにちがいない。冤罪(えんざい)もなくなるだろう。加えて市民の警察不信の念も薄れるはずだ。しかし、ビデオカメラの導入を望まない警察幹部もいる。実現化されるのは、だいぶ先になりそうだ。

「どうかな?」

波多野は安西刑事に問いかけた。

安西が無言で首を横に振った。目の周(まわ)りに隈(くま)ができている。

波多野は名乗って、長瀬コンツェルンの二代目総帥を直視した。品のある顔立ちで、前髪は白い。亡父にはあまり似ていなかった。母親似なのだろう。

「きみは本庁の捜査員なんだな。警視総監か警察庁長官のどちらかに連絡をとってくれ。

おふた方はよく存じ上げてるんだ」

長瀬が言った。

「そうでしょうね。あなたは若手の財界人でらっしゃるから」

「こんな所に閉じ込めるなんて、人権侵害じゃないかっ。わたしを容疑者扱いするなんて、侮辱も侮辱だ」

「唐津組の組長があなたを陥れる理由があったら、まずそれを聞かせてください」

「それは……」

「理由はない。長瀬さん、そうなんですね？　言っときますが、警察は唐津等の供述だけに振り回されてるわけじゃないんですよ」

波多野は揺さぶりをかけた。

「はったり(ブラフ)を使う気だな」

「そうではありません。唐津組長の自宅の納戸に監禁されてた彦根卓郎をすでに保護したんですよ。『新東京フィットネスクラブ』の経理部長は寺内隆幸から、ある物を預かってた。あなたはそれを回収したくて、唐津に彦根部長を拉致して監禁してくれと頼んだんでしょ？」

「わたしには、まったく覚えのないことだな」

「それでは、わたしが申し上げましょう。あなたは六年五カ月前、民自党の橋爪忍議員に三億円の裏献金を渡した。そのことで、当時、東京地検特捜部にいた綿貫検事はあなたと橋爪議員を任意で取り調べた。起訴できる確証があったからでしょう」

「そんな事実はない」

「そこまでシラを切ると、後日、裁判で不利になりますよ。話を元に戻します。綿貫検事に仕えてた寺内は理不尽な目にさんざん遭ってたんで、鬼検事にいつか仕返しをしてやろうと考えていた。チャンス到来です。寺内は贈収賄の物証や検事調書を盗んで、あなたと橋爪議員を不起訴処分にすることに成功した。綿貫検事の致命的なスキャンダルも押さえたにちがいない」

「寺内君は実直な男だったんだ。そんな悪巧みなんか思いつかんよ」

「先をつづけます。寺内はあなたに汚職の揉み消しのお礼として、『新東京フィットネスクラブ』の開業資金と運転資金をねだった。それから、あなたに各界の名士たちを会員にしろと迫った。寺内は、橋爪議員の義兄の持ちビルの全フロアを格安で借りた。政治家に億単位の金を無心するのは難しいと思ったんでしょう」

「推測や臆測で他人を罪人扱いするな。無礼だぞ」

長瀬が顔をしかめた。

「もう少し言わせてください。あなたは寺内にずっと強請られることを恐れて、寺内が切札に使った汚職の証拠、検事調書、密談音声メモリーなどを奪う気になった。それで、唐津に彦根卓郎を生け捕りにして、寺内の切札のありかを吐かせてくれと頼んだんでしょ？」

「密談音声メモリー？」

「ええ。寺内は、あなたと橋爪に口止め料を要求したときの遣り取りを密かに録音してたんですよ。はったりなんかじゃない」

「寺内の奴は贈収賄の証拠や検事調書のほかに、そんな密談音声メモリーまで持ってたのか。そのことは一言も口にしなかったが……」

「長瀬さん、ついにボロを出しましたね」

「あっ、しまった！」

「唐津に彦根卓郎を監禁させて、寺内から預かった物を奪う気だったことは認めますね？」

　波多野は長瀬を見据えた。長瀬は返事をしなかった。波多野はマニラ封筒を机の上に置き、贈収賄の証拠、検事調書、密談音声メモリーを次々に取り出した。

　長瀬が目を剥き、じきに肩を落とした。観念したにちがいない。

「寺内は、とんでもない悪党だったんだよ。汚職の揉み消し代として、わたしを慕っていた佐久間舞衣を自分の愛人にし、『新東京フィットネスクラブ』の開業資金六億円を毟(むし)り取り、橋爪先生の義兄の持ちビルを保証金なしで月にたったの十五万円で借りてたんだ。不足分の百八十万円は毎月、橋爪先生が奥さんの兄貴に払ってきたんだよ」

「あなたは、著名人を会員にしろとも命じられたんでしょ？」

「そうだよ。みなさんに迷惑をかけてしまった。寺内は舞衣を表向きの社長にして、彦根経理部長に二重帳簿を作らせ、自分だけ甘い汁を吸ってたんだ。殺されても当然さ。だからといって、わたしが殺し屋(プロ)を雇って寺内を殺させたわけじゃないぞ」

「唐津が『新東京フィットネスクラブ』を乗っ取りたくて、誰かに寺内を始末させたとは考えられないだろうか」

「組長はそんな面倒なことはしないさ。唐津君は、欲しい物はすべて力ずくで奪ってきた男だからな」

「なるほど」

「わたしと橋爪先生の贈収賄の件はどうなるんだ？」

「東京地検特捜部が再捜査することになるでしょうね」

波多野は長瀬に告げ、取調室1を出た。捜査本部に戻り、相棒の志帆に長瀬との遣り取りをそのまま伝える。

「脇太陽を唆したのが長瀬でも唐津でもないなら、寺内に何か弱みを握られてるらしい第三の人物が気になってきますね」

「そうなんだ。そいつが脇を抱き込んで、寺内を葬らせた可能性もあるんじゃないかな?」

「考えられそうですね。そうだとしたら、脇太陽にも何か弱みがあるんじゃないかしら?」

志帆が言った。

「どんな弱みが考えられる?」

「たとえば昔、レイプ事件を引き起こしたことがあるとか」

「刑務所では性犯罪で実刑を喰らった奴は、囚人仲間に最も軽蔑される。殺人犯よりも忌み嫌われてるんだ」

波多野は言った。

「そうみたいですね。やくざの脇だって、そんな過去はあまり他人には知られたくないでしょうから、弱みといえば、弱みでしょう?」

「そうだな。ちょっと脇太陽のA号照会をしてみてくれないか」

「了解！」

志帆が部屋の隅に置かれた端末に歩み寄った。Ａ号照会と呼ばれている犯歴照会は、わずか数分で済む。

照会対象者の氏名、生年月日、現住所、本籍地などを打ち込むと、警察庁にデータベース化されている前科者リストと照合し、犯歴の有無を回答してくれるわけだ。

波多野は中ほどのテーブルに向かい、メビウスに火を点けた。一服し終えたとき、志帆が近寄ってきた。

「脇は、四年前の二月十日の夜に渋谷区代々木で強盗致傷事件を起こして、二年一カ月の実刑を喰らってました。服役したのは府中刑務所で、本来の刑期は三年二カ月ですね」

「模範囚だったんで、二年一カ月で仮出所できたんだな？」

「ええ、その通りです。被害者は事件当時七十八歳の松宮耕造で、職業は金融業ですね。脇太陽は独り暮らしの松宮宅に午後九時五十分ごろに押し入り、被害者の後頭部をバールで強打して、脳挫傷を負わせました」

「犯行目的は金なんだろうな？」

「だと思いますが、被害額は十一万四千円と少ないんですよ」

「被害者は金貸しだから、日頃から用心深かったんだろう。それで、目につくような場所には現金を置いておかなかったんじゃないのかな？」

波多野は言った。

「そうなんでしょうね。あっ！」

「どうした？」

「脇が松宮宅に押し入ったのは、保科がクラウンに轢き逃げされた日と同じなんですよ。夫が轢き逃げされたのは、午後十時十分です。脇の犯行の二十分後です」

「確かに二つの事件の犯行時刻は近いね。しかし、単なる偶然だろう」

「だけど、松宮宅と夫が撥ねられた場所はすごく近いんですよね。被害者宅は代々木三丁目二十×番地ですし、保科が轢かれたのは代々木四丁目十×番地ですから、せいぜい数百メートルしか離れてません」

「ただの偶然と片づけるには、なんか抵抗があるな。わたしと保科君がマークしてた殺人犯の潜伏先と松宮宅とは何も繋がりはないはずなんだが、同じ二月十日の夜であることと場所が近くである事実が妙に気になるね。時間帯も、ほぼ一緒だ」

「ええ。夫を轢き逃げした犯人は、脇が起こした強盗致傷事件に何らかの形で関わってた可能性もあるかもしれません。こじつけかしら？」

「代々木署に出向いて、四年前の強盗致傷事件の調書を見せてもらおう。もちろん、鑑識写真もな」

「はい」

「すぐに出られるか？」

「ええ」

志帆がうなずいた。波多野は椅子から立ち上がり、出入口に足を向けた。すぐに志帆が従いてきた。早足だった。強盗致傷事件と夫の轢き逃げ事件がリンクしているかどうか、一刻も早く知りたいのだろう。その予感があるのか、次第に志帆の顔つきが強張りはじめた。

二人はエレベーター乗り場に急いだ。

第四章　気になる偶然

1

人影は疎(まば)らだった。

捜査員の姿は数人しか見当たらない。代々木署刑事課である。

波多野たちコンビは、古ぼけた布張りの応接ソファに並んで腰かけていた。

午前十一時半近い時刻だった。

波多野の前には、代々木署刑事課強行犯係の小幡繁夫(おばたしげお)巡査部長が坐っている。五十九歳の老練刑事だ。小幡は四年前の轢き逃げ事件をたったひとりで継続捜査していた。

しかし、保科圭輔を轢き殺した犯人の割り出しには至っていない。波多野はもちろん、相棒の志帆も小幡とは面識があった。

「保科刑事が亡くなられてから、今月の十日で丸四年が過ぎたんですね。奥さんには申し訳ない気持ちで一杯です」

小幡が志帆に言葉をかけた。志帆は小声で何か答えたが、波多野にはよく聞き取れなかった。

「わたしね、この七月で停年を迎えるんですよ。高卒の叩き上げですので、巡査部長で退官することになるでしょう。最初っから出世など望んでいませんでしたから、そのことはいいんです。でもね、四年前の轢き逃げ事件を解決しませんと悔いを残すことになります。ですんで、停年を迎えるまで継続捜査はやらせていただきます」

「よろしくお願いします」

「はい。さて、これが四年前の強盗致傷事件の調書の写しと鑑識写真です」

「目を通させていただきますね」

「ええ、どうぞご覧になってください」

小幡刑事が蛇腹封筒ごと差し出した。

波多野は封筒を受け取り、まず十数葉の鑑識写真を取り出した。

松宮宅の居間の写真が多い。そこで被害者は加害者の脇太陽にバールで頭を強打され、動けなくなったのだ。室内は出血が夥しい。リビングソファやコーヒーテーブルは大ききくずれ、椅子の一つは横に倒れている。

犯人が逃げる松宮耕造を追い回した末、鈍器で強打したにちがいない。

被害者の顔写真もある。いかにも強欲そうな顔で、唇が極端に薄い。金壺眼（かなつぼまなこ）には、狡猾（こうかつ）そうな光が宿っている。

「被害者（マルガイ）の松宮は三十代の前半まで中堅建設会社で営業の仕事をやっていたのですが、脱サラして金券ショップを開いたんですよ」

小幡が言った。

「あなたは強盗致傷事件の捜査も担当されてたんでしたっけ？」

「いいえ、わたしはその事件の捜査には駆り出されたわけではありません。あいにく担当刑事は出かけてしまいましたが、その彼から話を聞いたんですよ。波多野さんたちがお見えになる前にね」

「そうですか」

「担当捜査員は堤（つつみ）という男なんですが、被害者の松宮耕造は金だけしか信じてない人間らしいんです。金券ショップは面白いように儲かったようで、次に被害者は貸金業者になりました。蛇足ながら、わたし、金貸し連中が大っ嫌いなんですよ」

「何か厭（いや）な目に遭（あ）われたことがあるんですか？」

「いいえ、別に。これは受け売りなんですが、ソクラテスは言ってるそうです。真っ当な人間は知力か体力を使って、日々の糧を得ている。しかし、王族や金貸しはどちらも使っていない。だから、特に金貸しは娼婦よりも賤しい職業だと言ったらしいんですよ。読書家の先輩刑事がわたしに教えてくれたことです」

「そうなんですか」

「おっと、話を脱線させてしまいました。松宮は高利で中小企業や商店主に運転資金を貸しながら、一方で倒産整理屋として暗躍していたそうです。さらに会社喰いにも励んでいたようなんですよ」

「会社喰いですか？」

志帆が口を挟んだ。

「わたしも精しくはわからないのですが、金貸しの松宮耕造は利払いも滞らせている中小企業の経営権を手に入れて、会社の転売でボロ儲けして百数十億円の資産を得たというんですよ。裏経済界では、冷血な会社喰いとして知られていたそうです」

「それじゃ被害者は、いろんな人たちにだいぶ恨まれてたんでしょうね？」

「ええ、おそらく」

「脇太陽の親類の誰かが松宮耕造からお金を借りていた事実は？」

「担当の堤によると、それはなかったようです。単に脇って奴は、金融業者の自宅なら、まとまった金を置いてあるにちがいないと考えて、押し込む気になったのでしょう」

小幡がそう言い、緑茶を啜った。波多野は鑑識写真の束を志帆に渡し、蛇腹封筒から事件調書を引き出した。

事件内容が発生時から克明に記され、事件通報者や近隣住民の証言がまとめられている。被害者の話や犯人の供述調書も添えてあった。

「バールで頭部を強打された松宮は、脳挫傷の後遺症で記憶障害があると堤刑事が言っていました」

小幡が波多野に言った。

「そうですか。松宮は三十代の後半にバツイチになってますね」

「ですね。奥さんは松宮の亭主関白ぶりに呆れて、七歳のひとり娘を連れて金沢の実家に出戻ったという話でした。それ以来、元夫の松宮とは音信不通状態だったみたいですよ」

「松宮は再婚しなかったのかな」

「ええ。金の力で水商売の女性たちを何人か囲ったみたいですが、根がケチだったようで、何年も被害者に尽くした愛人はいなかったのでしょう。金があること以外は、まるで魅力のない男だったんではないんですか」

「そうなのかもしれないな。調書によると、加害者と被害者には何も接点がありません。脇太陽が金品目的で松宮宅に押し入ったのだとすれば、被害額が小さすぎる気がするんですよ。強奪したのは、わずか十一万四千円ですんでね」

「その点については、担当の堤刑事も腑に落ちないと言っていました」

「高価な貴金属類には、まったく手はつけられてなかったんですよね？」

波多野は確かめ、事件調書をかたわらの志帆に回した。

「事件調書には現金の被害額しか明記されていませんから、それは間違いないと思います」

「キャッシュ以外に持ち去られた物はないんだろうか」

「そうそう、被害者は自分の実印を家のどこに保管したのか思い出せないと言って、入院先を抜け出し、タクシーで自宅に戻ったことがあるそうですよ」

「実印ですか」

「ええ」

小幡がうなずいた。

「ある意味では、現金よりも実印のほうが価値がある。松宮の実印を白紙委任状に捺せば、文言は印字されたものでも効力がありますでしょ？」

「そうだと思います。松宮の実印さえあれば、いろいろ悪用できるでしょうね。不動産を無断で売却したり、第三者が預貯金を勝手に引き出すこともできるでしょう」

「ええ。それはそうと、被害者の実印は自宅にあったんですか？」

波多野は訊いた。

「寝室の花器の中にあったそうです。松宮は盗難を恐れて、いつも実印を花壜の中に隠してあったらしいんですよ」

「そうですか。実印は盗まれなかったわけか。高価な古美術品も盗られてないんですね？」

「だと思います」

「実は別件で、捜査本部が脇太陽の身柄を勾留中なんですよ」

「二月九日に発生した司法書士殺しの加害者は、脇なんですね？」

小幡が声をひそめた。

「脇は犯行を全面的に認めました。所属してる関東仁友会唐津組の組長の指示で元検察事務官の寺内隆幸を刺殺したと供述したんですが、唐津組長は寺内を始末しろとは命じていないと主張してるんですよ」

「唐津は、空とぼけているんじゃありませんか？」

「いいえ、そうではないでしょう。脇が別の人間を庇いたくて、組長の名を出したんだと思います」

「そうですかね」

「小幡さん、いまの話はオフレコにしといてくださいね。マスコミには、脇太陽のことは伏せてあるんですよ」

「わかりました。誰にも洩らしませんから、どうかご安心ください」

「よろしく頼みます。ところで、堤刑事はいつごろ署に戻られます？　できれば、四年前の強盗致傷事件のことを堤さんから直に聞きたいんですよ」

「そうですか。夕方にはいったん署に戻ってくると思いますが、時刻まではちょっとわかりません。堤たちの班は人気女性アイドルに殺人メールを送りつけた容疑者の行方を追っているんですよ。潜伏先を突きとめることができたら、そのまま張り込みに入るでしょうからね。後でよろしければ、波多野さんに連絡させますよ」

「お手数でしょうが、よろしくお願いします」

「承知しました」

会話が中断した。すぐに志帆が小幡に顔を向けた。

「松宮耕造は、いまも代々木の同じ邸に住んでるんですか？」

「ええ、そう聞いています。堤の話だと、事件後、四十代前半のお手伝いさんを雇って、一緒に暮らしてるそうですよ。ただのお手伝いさんではなく、愛人でもあるのかもしれません。若々しくて、三十四、五にしか見えない色っぽい女性らしいんで」

「その方のお名前はわかります？」

「えーと、なんて名だったかな。思い出しました、八神彩子です。以前は小料理屋の女将だったそうですよ。詳しいことはわかりませんけどね」

「後で波多野警部と松宮宅を訪ねてみようと思っているんです。まだ確証を摑んだわけではないのですけど、夫を轢き殺したクラウンを運転してた奴が四年前の強盗致傷事件に何らかの形で関与してる可能性もありそうなんですよ」

「脇には、共犯者がいたんですか⁉」

「共犯者と言えるかどうかわかりませんが、脇の背後に協力者めいた人物がいた可能性もあるんじゃないかしら？」

「そいつが事件当夜、松宮宅の近くで脇太陽の犯行を見届け、クラウンで先に逃げた。そして、うっかり保科さんを撥ねてしまったんではないかと推測されたわけですね」

「ええ、まあ。轢き逃げ犯は、クラウンに偽造ナンバープレートを取り付けてたんでしたよね？」

「それは間違いありません。ですから、加害車輌を割り出せなかったんですよ。現場には車体の塗膜片が幾つも落ち、ヘッドライトのガラス片も採取できたにもかかわらずね」

「首都圏の自動車修理工場に片端から問い合わせてみたんですが、加害車輌はどこにも預けられていませんでした」

波多野は小幡を見ながら、話に割り込んだ。

「うちの班も、むろん関東全域の自動車修理工場に当たってみましたよ。しかし、空振りでした。おそらく犯人は破損したクラウンをキャリーカーかトレーラートラックの荷台に積んで東京から何百キロも離れた地方でこっそりスクラップにしてもらったか、あるいは海の底に沈めたんでしょう。もしかすると、人里離れた山の奥に車を遺棄したのかもしれません」

「ええ、どれも考えられますね。予め偽造ナンバープレートを用意していたってことは、轢き逃げ犯は近所で後ろめたい行為に及んでたんでしょう。われわれは、そう推測したんですよ」

「そうですか。保科さんを撥ねて逃走した犯人は、代々木三丁目か四丁目のどこかにいたのかもしれないな」

「こっちの直感ですが、轢き逃げ犯は松宮宅のそばにいたんだと思います。そして脇太陽が松宮宅に押し入ったことを見届けてから、現場を離れたんではないだろうか。もしかしたら、そいつは脇太陽から現金以外の何かを受け取って、すぐ逃げたとも考えられる」

「現金以外の盗品というと？」

「わかりません。松宮の実印だと思ってたんですが、それは盗まれていないという話でしたのでね」

「無記名の証券類なんじゃないだろうか。そうした物なら、換金もできるでしょ？」

「そうですが、被害者がそのことを捜査関係者に黙ってる理由はないと思いますよ」

「ええ、確かにね」

小幡が唸（うな）って、考える顔つきになった。

「わたしたちの第六感が外れてたら、代々木署にご迷惑をかけることになりますので、なるべく目立たないように動きます」

「そんな遠慮は無用ですよ。堂々と聞き込みをなさってください。わたしも心強い援軍を得ましたので、継続捜査に力を傾けます。お互いに情報を交換しましょうよ」

「はい」

志帆が口を結んだ。

それから間もなく、波多野たちは代々木署を出た。

「どこか近くで早目の昼食を摂ってから、松宮宅に行こう」

波多野は相棒に言いながら、あたりを見回した。四、五軒先の鮨屋にランチタイムサービスの海鮮丼が写真入りで掲げてあった。潮汁付きで、七百八十円だった。

「海鮮丼にしましょうか？」

「奢るよ」

「割り勘で食べましょう。そうじゃないと、困ります。わたしもちゃんと働いてるわけですので」

「わかった」

二人は鮨屋に入った。客席は半分ほど埋まっていた。

波多野たちは付け台に向かい、七百八十円の海鮮丼を注文した。ちらしの丼版だが、魚介類は十二種と多い。

五分も待たないうちに、二人の前に海鮮丼が置かれた。波多野たちは箸を使いはじめた。

「牡丹海老まで入ってるなんて、信じられません。お得感がありますよね」

「そうだな」

「ふだん昼ご飯は五、六百円で済ませているんですけど、きょうは特別です。翔太に見られたら、『ママ、狡ーい！』なんて言われそうだわ」

「そのときは、黙って翔太君に好物のプリンを買ってやるんだね」

「ええ、そうします。母親だけがおいしい物を食べるわけにはいきませんので」

「いいママだな。子供には慕われてるんだろうな」

「ええ、ふだんは。でも、翔太をきつく叱るたびに『ママなんか大っ嫌いだよ』って、悪たれをたたくんです。そんなときは、わが子でもちょっと憎らしくなっちゃいますね」

「そうは言いながらも、翔太君は宝物なんだよな？」

「ま、そうですね」

「わたしも父親になりたかったよ。もう手遅れだろうがね」

「まだ四十代前半じゃないですか。再婚すれば、父親になれるでしょ？」

「もう結婚はいいよ」

「波多野さんにお願いしちゃおうかな？」

志帆が箸を止め、歌うように言った。

「えっ、何を？」

「父親の代役をです。前々から、翔太に大人の男性やわたしと一緒に遊園地に行きたいと何度も言われてたんですよ。パパが欲しいのかもしれませんね、あの子。死んだ保科のことは顔写真で知っていても、父親という実感はないんだと思います」

「そうだろうな。誰かボーイフレンドはいないのか？」

「いませんよ、そんな男性は。子育てに追われてて、ボーイフレンドを見つける機会もありません」

「しかし、四十三のこっちじゃ、翔太君の父親の代役には少し老けすぎてるだろう？」

「波多野さんは三十七、八で通用しますよ。わたしたち、夫婦に見えるんじゃないかしら？」

「そうなら、父親の代役を務めてあげてもいいな」

「本当ですか？　翔太、すごく喜ぶと思います。そのうち、三人で遊園地かピクニックに出かけてもらえます？」

「いいよ」

波多野は快諾した。志帆は嬉しそうな表情になった。

やがて、二人は海鮮丼を平らげた。おのおの支払いを済ませ、鮨屋を出る。まだ正午を二十分ほどしか過ぎていない。

波多野たちは覆面パトカーの中で時間を潰し、午後一時十分ごろに松宮宅を訪れた。想像していた以上の豪邸だった。和風住宅で、植木の手入れも行き届いている。敷地は二百坪前後だろうか。

志帆がインターフォンを鳴らし、素姓と来意を告げた。

ややあって、色っぽい四十年配の女性が玄関から現われた。お手伝いの八神彩子だった。波多野たちは玄関のそばにある応接間に通された。

二十畳ほどの広さで、大理石のマントルピースがあった。応接セットはクラシカルタイプだった。

「すぐに旦那さまを呼んでまいります。どうぞお掛けになって、お待ちになってください」

和服姿の彩子が言い、静かに応接間から出ていった。

波多野たちは出窓を背にして、ソファに腰かけた。並ぶ形だった。

数分待つと、松宮が彩子に片腕を支えられて姿を見せた。足取りが覚束ない感じだ。

厚手のバルキーのカーディガンもウールスラックスも安くはなさそうだが、なんとなく貧相な印象を与える。四年前の写真よりも、だいぶ年老いて見えた。

波多野と志帆は立ち上がって、それぞれ警察手帳を呈示(ていじ)した。

「四年前の事件って、なんだったかね?」

松宮耕造がどちらにともなく言って、波多野の正面に坐った。波多野たちは目礼し、ソファに腰を戻した。

「そうか、思い出したよ。ここに強盗が押し入ってきて、わたしは犯人にバールで頭をぶっ叩かれたんだったな」

「ええ、そうです。犯人は脇太陽という元俳優の暴力団組員で、お宅から十一万四千円の現金を奪いました。それで翌々日の午後に逮捕されて、二年一カ月ほど府中刑務所で服役し、もう仮出所しています」

波多野は言った。

「そうだったかねえ。そいつのことは、よく憶(おぼ)えてないな。昔のことは断片的にしか思い出せないんだよ」

「お辛いでしょうね」

「昔の事件のことで、どうしてまた……」

「二つだけ確かめたいことがあるんです。事件当夜、奪われたのは現金だけだったのでしょうか？」

「ああ、そうだよ。入院した病室で実印の隠し場所を思い出せなくて、盗(と)られたのかもしれないと思ったんだが、ちゃんと所定の場所にあったんだ」

「それは、松宮さんの実印に間違いないんですね？」

「書体は同じだったから、わたしの実印だと思うよ」

「事件後、実印を使われたことは？」

「一度もないよ。不動産や会社を四年以上も買ってないんで、実印を使うことはなかったんだ」

「そうですか。脇という犯人がお宅に押し入る前後に不審なクラウンを見かけませんでした？」

「事件当日は夕方から庭先にも出ていないんだ」

「近くで車の発進音は聞きませんでしたか、犯人が逃走した直後に？」

「バールでぶっ叩かれて、半ば気を失ってたんで、そういう音は聞こえなかったね」

「そうですか。事件通報者は町内会の会長に間違いないんですね」

「そう、羽柴信虎(はしばのぶとら)さんだよ。三十×番地にあるんだ、会長のお宅は。年齢はね、わたしよりも二つ下だったかな。製粉会社の社長だったんだよ、羽柴会長はね」

「そのことは事件調書でわかっています」

「ああ、そうだろうね」

「事件当夜、羽柴会長はこのお宅の隣家の飼い犬が烈しく鳴いてるという話を町内会の方に聞いて、こちらに電話をされたんでしたね？」

「そう、そう！　最初は隣の和久井さんのお宅に電話をしたらしいんだが、何も異変はないってことだったんで、羽柴会長はわたしのとこに様子を見に来てくれたんだよ」

「頭から血を流して倒れてる松宮さんを発見して、救急車を呼んで、一一〇番もしてくれたんでしょ？」

「そうだったね。羽柴さんには感謝してる。命の恩人だからな」

松宮はそう言うと、急に虚ろな目になった。四年前の記憶を懸命に蘇らせているうちに疲れ果ててしまったのか。

「旦那さまは、かなりお疲れの様子ですので……」

「お暇します」

波多野は彩子に言って、相棒を目顔で促した。二人は、ほぼ同時に腰を浮かせた。

松宮宅を出て、隣家の和久井宅を訪ねる。

応対に現われたのは当主だった。八十歳近い男性で、頭は禿げ上がっている。

波多野たちは和久井家の主に事件当夜のことを訊いてみた。しかし、不審者や怪しい車は見ていないとのことだった。

二人は町内会長の羽柴宅にも行ってみた。だが、何も収穫はなかった。徒労だった。

「町田署に戻って、改めて脇太陽を取り調べてみよう」

波多野は相棒に言って、先に歩きだした。

2

長い時間がいたずらに過ぎ去った。

もう午後三時過ぎだった。町田署の取調室2である。

波多野は小さく溜息をついた。かたわらに立った志帆も、釣られて長嘆息する。二人は予備班の安西班長の背後に並んでいた。

「おい、脇！」

町田署の安西が拳で机を打ち据えた。記録係の滝沢刑事が椅子ごと体を反転させた。

取り調べを受けている脇太陽は無表情だった。

「きさまは、いったい誰を庇ってるんだっ。おまえが唐津組長や長瀬真也に頼まれて寺内を殺ったんじゃないことは、もうはっきりわかってるんだよ。殺しの依頼人は誰なんだ。吐けよ、吐くんだっ」

「あんたらは、組長さんや長瀬に騙されてる。おれは唐津組長に寺内を始末しろって命じられたんだ。組長さんは、長瀬に頼まれたと言ってた。長瀬は橋爪議員に裏献金を渡した事実を寺内に揉み消してもらったことで、『新東京フィットネスクラブ』の開業資金と運転資金を提供させられたからな。その前に長瀬は、自分に惚れてた佐久間舞衣を奪われてる。寺内を前々から誰かに始末させたいと考えてたみてえだな」

「その供述は聞き飽きた。本事案に関しては、唐津、長瀬、橋爪の三人はシロなんだよ。きさまの雇い主は捜査当局の目を逸らしたくて、ミスリードを企んだんだよなっ。おまえは首謀者を庇って、もっともらしい嘘をつきつづけてる。そのことは、もうわかってるんだ！」

「日本の警察は、とろいな。実行犯のおれのバックに唐津の組長さんと長瀬真也がいることもわからねえんだからさ。あんたたちは無能だよ。税金泥棒だ」

「なんだと⁉」

安西が気色ばんだ。

「頭にきたんだったら、おれを殴れや。殴られたら、おれは検事調べで必ず言うぜ。それでもよけりゃ、パンチを繰り出しな」

「き、きさま!」

「ほら、殴れって」

脇が薄笑いを浮かべながら、顎を突き出した。安西が舌打ちして、椅子に腰を戻す。

「脇、少し頭を冷やせよ」

記録係の滝沢が穏やかに声をかけた。

「おれは冷静だよ」

「そうかい。おまえと被害者の寺内隆幸との間には何か確執があったんじゃないのか、舞衣の件以外のことでな」

「そんなものはねえよ。おれは組長さんの指示通りに舞衣をコマしただけで、本気であの女に惚れてたわけじゃねえ。だから、寺内には個人的な恨みなんかなかった」

「そうかな。おまえはダガーナイフで被害者の胸と腹を刺してから、わざわざ刃を抉ってる」

「だから?」

「そこまでやったのは、寺内に何か強い憎しみがあったからじゃないのか。え?」

「そうじゃねえよ。ただ、寺内の内臓を切断したかっただけさ」

脇が答えた。

波多野は口を挟まなかったが、部下の滝沢の問いかけを聞き逃さなかった。ナイフでわざわざ抉ったのは、それだけ憎しみが深かったからと考えてもよさそうだ。

脇太陽自身と寺内隆幸には、これまでの調べで、舞衣以外のことでは何も利害関係はないことがはっきりしている。洋画家だった父親も被害者とは接点がない。自分と父親を棄てたという母親と寺内には、何か利害関係があったのではないのか。

脇は父と離縁した母親とは、こっそり会いつづけていたのかもしれない。そして、母が寺内に何らかの恨みを抱いていることを知ったのではないか。そうだとすれば、脇が寺内を殺す動機はある。

波多野は志帆を通路に連れ出し、小声で自分の推測を語った。

「そういう線も考えられるかもしれませんね」

「悪いが、脇の母親の離婚後のことを調べてみてくれないか」

「わかりました」

志帆が足早に歩み去った。

波多野は取調室2の中に戻った。すると、脇がうつむいて涙ぐんでいた。

「どうしたんだ？」

波多野は部下の滝沢に訊いた。

「夫と息子を棄てて不倫相手の許に走った母親のことを訊いたら、急に……」

「そうか」

「多くの男は、どんな母親でも慕ってますよね。脇は自分と父親に背を向けた母親を憎みきれなかったのでしょう」

滝沢が言った。その語尾に脇の硬い声が重なった。

「とんちんかんなことを言うんじゃねえ」

「そうじゃない？」

波多野は脇に話しかけた。

「おれは、不遇のままで死んだ親父が不憫に思えたんだよ。男にだらしのないおふくろのことなんか、慕うわけねえだろうが！」

「父親の無念な気持ちが……」

「そうだよ。親父が絵描きとして才能があったのかどうか、正直、おれにはわからねえ。けどよ、すごく温かい絵を描いてたんだ。風景画でも静物画でもな。人物を描いてるわけじゃねえんだけど、人間が存在してるような錯覚を起こさせる温もりがあったんだよ。だからさ、もっと画壇で高く評価されてもいいはずだったんだ」

「いい息子じゃないか」

「おれは駄目な倅だよ。役者として芽が出なくて、やくざに成り下がったんだからな」

「まだ若いんだから、やり直すチャンスはある」

「もう駄目だよ。人殺しまでやっちまったからな」

「殺人罪は確かに重い。しかし、心から罪を償えば、真人間に戻れるだろう。殺人囚が服役後に立派に更生したケースは一例や二例じゃない」

「もう遅いって」

「おい、不貞腐れるな。まだ人生を棄てるほどの年齢じゃないだろうが！」

「そう言われても……」

「つまずいたら、立ち上がって、また歩きだす。それが生きてる者の知恵だし、務めだよ。それはそうと、われわれの調べではそっちの親父さんと寺内には何も接点がなかったが、ひょっとしたら、二人はどこかで接触してたのかな？」

「親父と寺内に面識なんかあるわけねえよ。仕事は別々だったし、知り合うチャンスなんかあるわけねえ」

「おふくろさんと寺内が知り合いだったと考えるのは無理かな？」

「親父と別れてからの消息はまったく知らねえから断定はできないけど、おふくろが寺内とどこかで知り合ってたなんて考えられない。おふくろは浮気相手と関西へ行ったって話だったからな」

「その話は、親父さんから聞いたのか？」

「ああ、そうだよ」

脇が短く応じた。

「その話は事実なんだろうか」

「おれは、そこまでは知らねえよ。死んだ親父がそう言ってたことは嘘じゃないと思うぜ」

「おふくろさんとそっちがどこかでこっそりと会ってたことはないんだな？」

「そんなこと、絶対にねえよ。いまでも、おれは母親のことは赦(ゆる)してねえんだ。そんなことするわけないだろうが！」

「そうか。それなら、そっちが血縁者の恨みを晴らす目的で、寺内隆幸を刺殺したわけじゃないんだな？」

「同じことをまた言わせるのかよっ。おれは唐津の組長(オヤジ)さんに指示されて、寺内を殺(や)ったんだ。組長(オヤジ)さんに寺内の始末を頼んだのは長瀬真也だって。いい加減にしてくれや」

「そっちが素直に自白(ウタ)ってくれれば、取調官が同じことを訊くことはなくなるよ」

「かったるくなってきたから、おれはもう貝になるぜ」

「その前に四年前の事件のことで少し話を聞かせてくれないか」

波多野は言った。脇が一瞬、緊張した。虚を衝かれたのかもしれない。

「おれの前歴をしっかり調べてやがったか。代々木の強盗致傷の件だろう？」

「そうだ。松宮耕造の自宅に押し入る気になったのは、なぜなんだ？」

「おたく、ばかか？　銭が欲しかったからに決まってるじゃねえか。あの金貸しは唸るほど銭を持ってるって噂を聞いてたんだよ。で、バールを持って押し入ったわけよ」

「代々木署で事件調書の写しを読ませてもらった、きょうの午前中にな。調書によると、そっちは刃物も拳銃も犯行時に所持してなかった」

「その通りだよ。バール一本で充分だと判断したんだ。事件当時、松宮は独り暮らしだったんだ。そのころ、金貸しは七十七、八だった。」

「金目当ての犯行にしては、被害額はわずか十一万四千円と少ない。被害者の供述調書によると、事件当夜、松宮宅には二千数百万円の現金があったらしいんだ」

「そのことは逮捕られたとき、代々木署の堤友樹とかいう刑事に教えられたよ。おれは松宮の爺さんの頭をバールでぶっ叩いた後、あちこち家の中を探し回った。けど、現金は十一万四千円しか見つからなかった。まさかそんなことになるとは思ってもみなかったぜ。少なくとも五、六百万の現金（ゲンナマ）はゲットできるだろうと踏んでたんだ。がっかりしたよ」

「犯行目的は、金じゃなかったんじゃないのか？」

「えっ、どういう意味なんだよ？」

「十一万四千円を持ち去ったのは一種のカムフラージュだった。真の目的は、金以外の物を奪うことだったんじゃないのか。たとえば、誰かの借用証を奪いたかったとかな。事件調書で確認済みなんだが、被害者宅の耐火金庫にはそっちの指紋（モン）は付いてなかったが、唇紋（しんもん）は付着してた。金庫に顔を近づけて、ダイアル錠の回転音を聞きながら、ナンバーを探り出そうとしたようだな？」

「ああ、そうだよ。けどな、結局、耐火金庫のロックは外せなかった。もたもたしてると危（ヤバ）いことになると思ったとき、家の電話が鳴りやがったんだ。当然、コールサインは鳴らしっ放しにしておいた」

「そうだろうな」

「いったん電話は切れたんだ。ひとまず安堵（あんど）してたら、すぐまた着信音が響きはじめた。コールサインは鳴り止まなかった、いつまでもな。誰か様子を見にくるかもしれねえと思って、おれはとりあえず手に入れた銭だけ持って逃（フケ）げたわけさ。十数万の金で二年一カ月も府中刑務所にぶち込まれてたんだから、割に合わねえ犯行（ヤマ）だったぜ」

「そっちは松宮耕造に脳挫傷を負わせたんだ。そのくらいの刑期を務めるのは当然だろうが。被害者は後遺症で、いまも記憶障害に苦しんでる」

「単なる老人性の物忘れなんじゃねえの？」

「反省の色がないな。それはそれとして、やはり金目的の犯行とは思えないんだよ」

「誰かの借用証を盗み出した覚えはねえよ」

「松宮耕造の実印か、印鑑登録証はどうだ？」

波多野は畳みかけた。脇が目を泳がせる。図星だったのか。

「どっちも盗（ギ）ってねえよ」

「本当だな？」

「ああ」

「くどいようだが、現金のほかに盗んだ物は何もないんだな？」

「ないよ。いまさら昔の事件のことを蒸し返したりして、なんのつもりなんだっ」

「同じ夜、こっちは相棒の若い刑事と松宮宅の近くで張り込み中だったんだよ。殺人犯の潜伏先に張りついてたんだ」

「それがなんだってんだよ？」

「こっちが逃亡した犯人を確保した直後に脇道から走り出てきたオフブラックのクラウンが相棒を轢いて、そのまま走り去ったんだ」

「その相棒は？」

「救急病院で息を引き取った。あの晩、そっちは松宮宅の近くで黒いクラウンを見てないか？」

「そんな車は見てねえな。逃げる途中で、そのクラウンが暗がりに駐めてあったとしても、記憶に留めてることなんかできねえよ。おれは逃げることに必死だったんだからさ」

「そうだろうな」

「おたく、車に轢き殺された相棒の手を引っ張ってやらなかったのか？　冷てえな」

「捕まえた殺人犯が刃物を取り出しそうな素振りを見せたんで、思わず相棒に危ないから後方に退がれという意味のことを口走ってしまったんだ」

「よかれと思ってやったことが悪い結果を招いちまったわけか」

「そうなんだ」

「ツイてないね、おたくも相棒もさ。それはそれとして、まさか寺内の事件と四年前の押し込み強盗が繫がってると思ってるんじゃねえよな？　そんなことはない。考えすぎだって」

「そうかな?」

波多野は努めて平静に応じた。だが、脇が二つの事件には何も繋がりがないと強く否定したことに妙に引っかかりはじめていた。図星だったから、ことさら否定したのではないだろうか。そう思えてならない。

人間は後ろめたさや疚(やま)しさがあると、それをひた隠そうとして、嘘をつく習性があるものだ。

「もう何も喋らないぜ。さっさとおれを殺人容疑で地検に送致してくれや」

脇が目を閉じた。

「目を開けろ！　脇、目を開けて、わたしの顔をまっすぐ見てみるんだ」

安西刑事が声を張った。それでも、脇は瞼を開けようとしない。

「一息入れたほうがよさそうだな」

波多野は部下の滝沢に言って、安西には一礼した。

取調室2を出て、階段の昇降口に進む。階段を五、六段上がったとき、懐で刑事用携帯電話(ポリスモード)が鳴った。波多野はポリスモードを耳に当てた。

「わたし、代々木署の堤友樹です。小幡から話は聞きました」

「わざわざ申し訳ない。脇太陽が松宮宅に押し入った夜のことなんですが、事件調書には書き込まれてない事柄がありませんか？」

「一つだけあります。事件当夜、脇が松宮宅に押し入る数十分前に被害者宅を二度も巡った黒い乗用車を目撃した通行人がいたんですが、事件には無関係だと判断して、調書には書かなかったんですよ」

「その車は？」

「クラウンだったそうです。運転者は、ハンチングを被った四十前後に見える男だったそうです。ネクタイをきちんと締めてハンチングを被ってたんで、目撃者は少し奇異に感じたようなんですよ」

「スーツをきちんと着込んでるときは、ふつうはハンチングは被らないからな」

「ええ、そうなんですよ。ツイードジャケットか何かカジュアルな恰好をしてるときに通常、ハンチングを被ります」

「そうですよね」

「それだから、目撃者は署に情報を寄せてくれたんだと思います。その方の話では、不審なクラウンは松宮宅の前で一時停止して、家の中の様子をうかがっているように見えたというんですよ。で、わたしは脇の共犯者かもしれないと思ったわけです」

「取り調べのとき、脇にそのことを話しました？」

「いいえ、話しませんでした。近所の人たちから同じ目撃証言はなかったですし、情報提供者は自分の氏名と現住所を最後まで明かそうとしなかったんですよ。それで、ひょっとしたら……」

堤が言い澱んだ。

「偽情報かもしれないと思ったんですね？」

「ええ、そうです。しかし、四年前の轢き逃げ事件のことを小幡から詳しく聞いて、強盗致傷事件とリンクしてるのかもしれないと考え、波多野さんに早く連絡すべきだと判断した次第なんです」

「ありがとうございました。二つの事件には、繋がりがある気がします。少し深く調べてみますよ。小幡さんによろしくお伝えください」

波多野は電話を切って、六階まで階段を駆け上がった。

捜査本部に入ると、志帆が走り寄ってきた。

「脇太陽の母親の晴加、五十五歳は離婚後、不倫相手と二年ほど京都で同棲していましたが、その後は単身で東京に舞い戻りました」

「そうだったのか」

「それで晴加は、紀尾井町（きおいちょう）の『きよ川』という料亭で住み込みの仲居をやってたんですよ。しかし、六年ほど前に辞めて、その後は消息なしです。その老舗料亭は、長瀬真也が二十数年前から使ってるところでした」

「何か臭（にお）うな。すぐに『きよ川』に行ってみよう」

波多野は志帆に言って、踵（きびす）を返した。

3

前庭の玉砂利（たまじゃり）が濡れて光っている。

打ち水をされて、まだ間がないようだ。紀尾井町の『きよ川』だ。午後五時過ぎだった。

波多野たち二人は踏み石をたどって、広い玄関口に達した。

志帆が趣（おもむき）のある木鐸（ぼくたく）を鳴らすと、玄関戸が開けられた。応接に現われたのは、六十絡みの男だった。

半纏（はんてん）を羽織っている。短く刈り込んだ髪は半白だ。下足番だろう。

「六年前まで、こちらで仲居をやられていた脇晴加さんのことで少しうかがいたいことがあるんですよ」

波多野は刑事であることを明かし、六十年配の男に言った。

「脇なんて苗字の従業員はいませんでしたよ」

「あっ、ごめんなさい。晴加さんは離婚後、打木という旧姓に戻ったんでした」

志帆が波多野と下足番と思われる男を等分に見ながら、早口で補足した。

「ああ、打木さんね。打木晴加さんなら、確かに長いこと住み込みで『きよ川』で働いていましたよ。裏に従業員寮があるんです。晴加さんは、その寮で寝泊まりしてたんですよ」

「そうですか。失礼ですが、あなたは……」

「昔風に言うと、下足番ですね。庭園の掃除もやってるんですよ。折笠と言います」

「打木晴加さんは、どうして『きよ川』を辞められたのでしょう?」

「確かなことは言えませんが、どこかで小料理屋を開くって話でしたよ。仲居さんたちの噂話を小耳に挟んだだけですので、真偽はわかりませんがね」

「打木晴加さんはこつこつと貯金して、開業資金を貯めたのだろうか」

「そうなのかもしれませんね」

折笠が答えた。波多野は相棒を目顔で制し、下足番に語りかけた。

「晴加さんと親しくされていた仲居さんがいたら、その方にお目にかかりたいんですよ」

「松浪郁子という打木さんと同い年の仲居さんが裏の寮にいるはずです、この時間ならね。部屋は一〇三号室ですよ」

「直に訪ねてもかまいませんかね」

「別に問題はないでしょう。刑事さん、打木晴加さんは何か悪いことをしたんですか？」

「いいえ、そういうわけじゃないんですよ。ある事件のことで、ちょっと確かめたい事柄があるだけです」

「そうなんですか。晴加さんは陰日向なく一所懸命に働いていましたよ。ベテランなのに、ちっとも威張ったりしませんでしたね」

「それじゃ、仲居仲間には好かれてたんだろうな」

「ええ、誰からもね。若い見習いの板前さんたちには〝お母さん〟なんて慕われてたんですがね、急に辞めてしまって。みんな、がっかりしてました」

「そうでしょうね。話は飛びますが、全日本商工会議所副会頭の長瀬真也氏は『きよ川』の常連客だとか？」

「はい。お父上の代から、ひいきにしていただいてるんですよ。息子さんがお見えになられるようになったのは、二十数年前でしたね。それ以来、月に二、三回はご利用いただいております」

「接待する相手は取引企業の役員が多いんだろうな」

「ですね」

「長瀬氏は若手財界人だから、大物国会議員や各省の事務次官を座敷に招くこともあるんでしょ？」

「そういうことは、わたしの口からは申し上げられません」

折笠が困惑顔になった。

「警部、松浪郁子さんにお目にかかりましょうよ」

「そうするか」

波多野は相棒に応じ、折笠に謝意を表した。折笠が静かに玄関戸を閉めた。

「男性は総じて口が堅いから、客の個人的なことは教えてくれないいんじゃないですか。特に料亭や高級クラブの従業員はね」

志帆が小声で言った。

「そうなんだが、中には口の軽い人間もいるんだ。だから、駄目を承知で訊いてみたんだよ」

「そうだったんですか。生意気なことを言っちゃいましたね、大先輩に対して」

「思ってることをストレートに言われたほうがいいな。本音と建前を使い分けてる相棒だと、疲れるからね」

「真意那辺にありやと余計な神経を使わされちゃうからでしょ？」

「そうなんだ。ペアは、阿吽の呼吸が合ってないとな。そうなるには、本音を晒し合う必要があると思うんだ。保科君とは息がぴったりと合ってたんだが、四年前にあんなことになってしまって……」

「波多野さん、もうご自分を責めないでください」

「そうしないと、きみも辛くなるだろうな」

「ええ、まあ。例の三人で出かける件を翔太に話したら、飛び上がって喜びました」

「そう。しかし、こっちでいいのかな？」

「ええ、ぜひ父親代わりとして遊園地かピクニックにつき合ってください」

「こっちはかまわないよ」

波多野は言って、料亭の裏手に向かった。ほどなく志帆が肩を並べた。

「わたし、三人分のお弁当を作ります。おにぎりよりもサンドイッチのほうがいいですか？」

「なんでもいいよ。なんだったら、三人でレストランで食事をしたってかまわない。そのほうが何かと楽じゃないか、きみも」

「お弁当持参で出かけなきゃ、意味ありませんよ。翔太は、親子連れのピクニックに憧れてるんですから」

「そうだったな。それじゃ、おにぎりでも作ってもらおうか」

「具は鮭、鱈子、昆布、おかかでいいかしら？」

「任せるよ」

「わかりました。海老フライ、唐揚げ、茹で卵、ウインナー、フルーツサラダのほかに何を作りましょう？」

「それで充分だよ」

「わたしも、いまから楽しみにしているんです。夫が亡くなってから、どこかに遊びに行く気持ちのゆとりがありませんでしたので」

「そうだったろうね」

「あっ、そんなに辛そうなお顔をしないでください。別に他意があったわけではないんですから。ところで、波多野さんは高い所は苦手ですか？」

「いや、別に高所恐怖症じゃないよ」

「それなら、三人で横浜のみなとみらい21地区にある遊園地『よこはまコスモワールド』に行ってみません？　このあいだ、テレビで大観覧車の中に四台だけシースルーゴンドラがあるって紹介されてたの」

「シースルーゴンドラというと、椅子も床も透明なのかな」

「ええ、そうなんですよ。足の下に拡がる景色を三百六十度眺められるんですって。一般の五十六台の観覧車には数十分待ちで乗れるらしいんですけど、シースルーゴンドラだと、週末は一時間待ちだとか。でも、平日なら、三十分程度待つだけでゴンドラに乗り込めるんだそうです。料金はひとり九百円だというから、それほど高くないんです」

「そう。翔太君は、そのシースルーゴンドラに乗りたがってるんだね？」

波多野は訊いた。

「そうなんですよ。あの子、高い所はへっちゃらなんです。一歳未満でもシースルーゴンドラに乗れるみたいだから、平日に行ってみません？　保育園は休ませますので」

「きみは高い所は大丈夫なのか？」

「少し苦手です。でも、怖がって波多野さんにしがみついたりしないつもりです」

「こっちは抱きつかれたって、どうってことないよ。しかし、そんな光景を翔太君に見られたら、ちょっと困るだろう？」

「母親としては、ちょっぴり恥ずかしくなると思います。でも、翔太が機嫌を損ねることはないでしょう。あの子、パパを欲しがってるんですよ」

志帆は焦って言い重ねた。

「あっ、誤解しないでくださいね。わたし、波多野さんにモーションをかけたわけじゃありませんので」

「わかってるよ。冴えない四十男が若いシングルマザーに〝逆ナン〟されたなんて勘違いしたりしないさ」

「波多野さんは、冴えない男じゃありませんよ。包容力のある大人の男性って感じで、魅力的です。いやだわ、わたし、また誤解されるような言い方をしてしまって」

「妙な誤解なんてしないから、安心してくれ」

波多野は言った。いつからか、志帆を保護してあげたいという気持ちが胸の中に生まれていたが、それは恋愛感情ではなかった。

だいぶ年下の妹か、従妹母子の行く末を遠くで見守ってやりたいという思いとほぼ同質だった。

二人は従業員寮に着いた。

目隠しの喬木が横に植えられ、料亭の座敷からは二階建ての寮は見えないよう工夫されていた。木造モルタル造りだった。一〇三号室のネームプレートには、松浪という姓だけしか記されていない。志帆がドアをノックした。

少し待つと、五十代半ばの小太りの女性が姿を見せた。人の好さそうな顔をしている。

「警察の者です。六年ほど前に『きよ川』を辞められた打木晴加さんのことで、ちょっと話を聞かせてほしいんですよ」

波多野は言って、顔写真が貼付された警察手帳を呈示した。志帆も名乗り、町田署の刑事であることを告げた。

「晴加さん、何か罪を犯したんですか？」

「いいえ、そうじゃないんですよ。お手間は取らせませんので、入らせてもらいますね」

波多野は相手の許可を待たずに、相棒と一〇三号室の三和土に入った。

部屋の主は図々しいと感じただろうが、波多野なりの気遣いだった。同じ寮で暮らしている仲居仲間たちの噂話の主人公にならないよう、配慮したのだ。

「上がっていただければいいんですけど、狭い1Kですので、ごめんなさい」

松浪郁子が済まながった。

「ここで結構ですよ。折笠さんの話ですと、あなたは打木晴加さんと親しくされていたとか？」

「ええ、そうでしたね。晴加さんとは年齢が同じでしたし、どちらも離婚歴がありますので、何かと話が合ったんですよ」

「そうですか。晴加さんは小料理屋を開くようなことを言って、仲居を辞めたみたいですね？」

「ええ、そう言っていましたよ」

「どこでお店をやると言ってました？」

「じっくり貸店舗を見て回ってから、場所を絞り込むと言っていましたね」

「場末で小料理屋を開くと言っても、一千万円以上の開業資金が必要だと思うんです。晴加さんは、せっせと貯金してたんですかね」

「彼女、他人に奢られることが好きじゃないんですよ。年下の仲居さんにご飯やカラオケをよく奢っていましたから、一千万なんて貯められないんじゃないのかな」

「交際してた男性は？」

「彼氏はいなかったはずです。晴加さんは不倫に走って、相手の男と京都に行ったらしいんだけど、ずいぶん苦労させられたみたいね。その彼はまともに働こうとしないで、ヒモ同然だったようなの。その上、酔って晴加さんに手を上げてたらしいんですよ。それで彼女、その男と別れて東京に戻ってきたんです。売れない洋画家と息子さんを棄てたことをとても悔やんでました」

「そうですか」

「それで彼女、罪滅ぼしのつもりで別れた元夫と息子に経済的な援助をしたいんだとよく言っていました。これはわたしの想像なんですけど、晴加さんは金蔓を摑んだんじゃないのかしら？　だから、ここを辞めて、いずれ小料理屋を開くなんて……」

「誰かを脅して、事業資金を強請り取ったんだろうか。料亭では、いろんな密談が交わされてるでしょうからね」

　波多野は探りを入れた。

「ええ、まあ」

「全日本商工会議所の長瀬副会頭は、『きよ川』の常連客だそうですね？」

「は、はい」

「六年五カ月ほど前、長瀬コンツェルンの二代目総帥は『きよ川』で民自党の橋爪議員と会ったことはありませんでした？」

「だいぶ以前のことなんで、はっきりとは言えませんけど、長瀬さんが橋爪先生をご自分のお座敷に招かれたことはありましたね」

「そのときの座敷係は、打木晴加さんだったんではありません？」

志帆が話に加わった。

「ええ、そうだったと思います。長瀬さんは晴加さんの人柄が気に入ったようで、いつも女将は彼女を長瀬さんのお座敷の係にしてたんですよ」

「その夜、長瀬真也は橋爪議員に何か渡しませんでした？」

「オレンジの詰まった段ボール箱を三つお抱え運転手の方にベンツから、橋爪先生のセンチュリーのトランクルームに移させたと記憶しています。段ボールの中身は、もしかしたら、果実ではなかったんでしょうか？」

「中身は札束だったのかもしれませんね。そうだとしたら、裏献金の類でしょう」

「晴加さんは長瀬さんと橋爪先生の遣り取りを廊下でたまたま耳にして、段ボールの中身がオレンジではないことを知ったのかな。そして後日、長瀬さんから口止め料をせしめた。そう考えれば、彼女が小料理屋を開くからって、ここを急に辞めたことも腑に落ちますね。だけど、晴加さんはそんな大胆な犯罪に走る人だとは思えないんですよ」

「別れた旦那さんや見捨てた息子に何とか償いたいという気持ちが膨らんで、大それたことをやってしまったのかもしれません」

「そうなのでしょうか」

郁子が下を向いた。波多野は一拍置いて、部屋の主に声をかけた。

「打木晴加さんの転居先をご存じですか？」

「この寮を出て半月ぐらい経ったころ、晴加さんから転居通知が届いたんですよ。でも、七カ月後にわたしが手紙を出したら、宛先不明で戻ってきたんです。どこかに引っ越してしまったんでしょうね」

「ええ、おそらく。最初の住所を教えてもらえますか？」

「はい、いまメモしてきます」

郁子が奥の居室に移動した。六畳の洋室だった。シングルベッドや整理簞笥の一部が見える。簡素な部屋だ。

部屋の主が引き返してきて、紙切れを差し出した。

波多野は礼を述べ、紙片を受け取った。打木晴加の最初の転居先は、豊島区駒込六丁目三十×番地、『駒込コーポラス』二〇一号室だった。波多野たちコンビは郁子の部屋を出ると、そのまま覆面パトカーに乗り込んだ。志帆の運転で、駒込六丁目に向かう。

目的の軽量鉄骨のアパートを探し当てたのは二十数分後だった。

二〇一号室には別人が住んでいた。その入居者の中年女性は、前の借り主のことをまったく知らなかった。

アパートと同じ敷地内に家主の自宅があった。浮間という姓だった。

波多野たちは家主宅のインターフォンを鳴らした。応対に現われたのは、七十二、三歳の細身の男だった。家主の浮間昌治とわかる。

「六年ほど前に二〇一号室を借りていた打木晴加さんの転居先を教えていただきたいんですよ」

志帆が刑事であることを明かし、家主の浮間に言った。

「打木さんなら、北区上十条の『くつろぎの家』という福祉施設にいますよ。うちのアパートに入居されて七カ月目に赤羽駅の階段から何者かに突き落とされ、脊椎を傷め、歩行できなくなってしまったんですよ。それで、わたしが生活保護を受けられるよう手続きしてあげようと思ったんですが、ご本人はそれを厭がったんです。ボランティア団体のお世話で、『くつろぎの家』に引き取られたわけですよ」

「そうなんですか。打木晴加さんは小料理屋を開かれるようなことを言って、長く勤めていた紀尾井町の老舗料亭の仲居さんを辞めたんですよ」

「わたしら夫婦にも、打木さんはそう言ってましたね。しかし、金策ができなくなったとかで、だいぶ悩まれてたな。店をオープンさせる夢は諦めて、レストランの配膳係でもやろうかななんて言ってた矢先に赤羽駅でひどい目に遭ったんですよ」

「駅の階段から突き落とされる前、打木晴加さんの身辺に不審者の影がちらついてたようなことはありませんでした？」

「うちのアパートの近くに深夜、足立ナンバーの乗用車が停まってましたね。白っぽいカローラだったかな。ええ、そうでした。打木さんは、また誰かに襲われたんですか？」

「いいえ、そうではありません」

「というと、打木さんが何かやらかしたんですか？」

浮間が訊いた。志帆が返事をはぐらかし、波多野に目で救いを求めてきた。

「捜査の内容を教えるわけにはいかないんですよ。あしからず……」

波多野は浮間に言って、志帆に目配せした。

二人はスカイラインに足を向けた。歩きながら、志帆が言葉を発した。

「殺された寺内隆幸は、五年数カ月前まで足立区内にあるファミリー向けマンションに住んでたんでしたよね？」

「ああ。こっちも大家さんが言ってた白っぽいカローラの所有者は寺内かもしれないと思ったんだよ」

「そうだとしたら、脇太陽の実母は『きよ川』で長瀬が橋爪議員に三億円の裏献金を渡した事実を脅迫材料にして、全日本商工会議所の副会頭に小料理屋の開業資金を出せと強請(ゆす)ったんじゃないですかね？」

「そのことを長瀬は、寺内に話した？」

「ええ、ひょっとしたらね。汚職の揉み消しで事業家に転身したいと願っていた寺内は例の贈収賄のことを知ってる元仲居がいたことを知って、大いに慌(あわ)てた。下手したら、自分の夢が潰(つい)えることになりますからね」

「なかなか冴えてるじゃないか。そんなことで、寺内隆幸は打木晴加を始末する気になった。そういう筋読みなんだな？」

「はい。寺内は打木晴加を尾行して、赤羽駅構内の階段から突き落とした。死んでくれることを望んでいたが、それは叶わなかった。しかし、ふたたび晴加を狙うことは危険すぎる。それで、しばらく様子を見る気になったんじゃないのかしら？」

「そう考えてもよさそうだな。打木晴加は長瀬の息のかかった人間に命を狙われたと直感し、ふたたび長瀬を脅す気にはなれなくなった。そう推測したんだね？」

波多野は確かめた。

「ええ、そうです。打木晴加が階段から何者かに突き落とされたという事件報道は小さくではあっても、新聞かテレビニュースに扱われたんでしょう。それで息子の脇太陽は実母のことを知って、密かに犯人捜しをしたんじゃないのかな。そして、ようやく母親を突き落としたのは寺内だという証拠を手に入れた。だから、脇は仕返しに寺内を刺し殺したんでしょう」

「大筋は間違ってないだろうが、母親の事件が発生してから歳月が流れすぎてるな。脇が二年一カ月、府中刑務所で服役してたとしても」

「言われてみれば、報復するまでの時間が長すぎますね。脇は自分と父親を棄てた母親のために自ら手を汚す気なんかなかったのかもしれません、初めのうちは。しかし、何かで状況が変わり、脇の心境にも変化が生まれた。そういうことなんでしょうか？」

「まだ何とも言えないな。とにかく、『くつろぎの家』に急ごう」

二人は捜査車輛に乗り込み、北区上十条に向かった。数十分後、『くつろぎの家』に着いた。

理事長は元博徒集団の親分で、いまは牧師だった。八十歳近い高齢だが、肌は艶を保っている。私財をなげうち、三角屋根の福祉施設を建て、ボランティア仲間たちと身寄りのない身体障害者の世話をしていた。

理事長の案内で、波多野たちは打木晴加のいる部屋に通された。

脇太陽の実母は出窓寄りのベッドに横たわっていた。目鼻立ちが整い、色白だ。目許は、元俳優の息子とそっくりだった。

「何か事情がありそうですね」

理事長が誰にともなく言い、そっと部屋から消えた。

波多野は自分たちが刑事であることを告げ、打木晴加に長瀬真也が橋爪議員に三億円の裏献金を『きよ川』で渡した事実に気づいていたかどうかを最初に訊いた。晴加は目を丸くして、しばらく黙っていた。

「どうなんです？」

波多野は返答を促した。

「オレンジの入った段ボール箱の中身を確かめたわけではないのですが、長瀬さんと橋爪議員の密談を廊下で偶然に聞いてしまったんですよ。それで、裏献金の授受が行われたことを察しました」

「それで、あなたは小料理屋の開業資金を長瀬から引き出そうとしたんですね」

「なんでそんなことまでご存じなんですか⁉」

「松浪郁子さんや浮間昌治さんに会ってきたんですよ、ここに来る前に」

「そうだったの。ええ、おっしゃる通りです。わたしは夫だった脇と息子の太陽を裏切った償いをしたくて、小料理屋で儲けて、まとまったお金ができたら、元夫の家を訪ねるつもりでいたんです。でも、そんな願いは叶いませんでした。長瀬真也は口止め料として五千万円くれると言ったんですけど、なかなかお金を払ってくれませんでした」

「そうこうしてるうちに、赤羽駅構内の階段で何者かに背を押されたんですね？」

「ええ、そうです。背中を押されたとき、わたしはとっさに相手の男の片腕を摑んだんですよ」

「相手は焦ったでしょ？」

「はい。ステップを二、三段下りながら、その男はわたしの手を振り払いました。そのとき、男の上着の内ポケットから運転免許証が落ちたんです。ステップに開いた状態でね。寺内という氏名を目にした瞬間、わたしはまたもや強く背中を突かれました。それで階段の下まで一気に転げ落ちて、意識を失ってしまったわけです。そして、こんな体になってしまったの」

「犯人のことを警察の者には話さなかったんですね？」

「その通りです。わたしは長瀬真也に脅迫電話をかけたことが露見すると思ったので、何も言えなかったんですよ」

晴加が答えた。数秒経ってから、志帆が口を開いた。

「息子の太陽さんがあなたのことを事件ニュースで知って、入院先に見えたんではありませんか？」

「ええ、救急病院に担ぎ込まれた翌日にね。わたしは、ただ、びっくりして、ほとんど何も喋れませんでした」

「あなたは、寺内の運転免許証のことを息子さんに話されました？」

「話しました。背中を押した奴に心当たりはないかと倅に何度も訊かれたので、つい喋ってしまったんです」

「息子さんの反応は？」

波多野は相棒より先に問いかけた。

「黙って病室から出ていったきり、二度と現われませんでした」

「そうですか」

「息子が、太陽が寺内という男を刺殺したんですか？　その事件のことはテレビのニュースで知っています。刑事さん、そうなんでしょ？」

「まだ取り調べ中なんですよ」

「それなら、わたしの息子がまだ犯人と決まったわけじゃないのね？」

晴加が訊いた。波多野は何も言えなかった。

志帆も黙って立ち尽くしていた。二人は黙礼し、体を反転させた。

波多野たちは『くつろぎの家』を出ると、捜査車輌を町田に向けた。

4

空気が重苦しい。

町田署の取調室1である。波多野は灰色のスチールデスクの真横に立っていた。『くつろぎの家』から捜査本部の置かれた町田署に戻ってきたのは、およそ三十分前だ。

灰色の机を挟んで、長瀬真也と予備班の滝沢が向かい合っている。

「昔、紀尾井町の『きよ川』で仲居をやってた打木晴加を知らないと言うんですか？」

「ああ、知らないな」

「長瀬さん、捜査班の波多野班長がもう裏付け（ウラ）を取ってるんですよ。粘っても意味がないでしょ？」

滝沢刑事が苛立（いらだ）った。

「知らないもんは知らない。若い芸者なら顔と源氏名（げんじな）は忘れないが、いちいち仲居のことまで憶（おぼ）えてないよ」

「財界人だからって、あまり警察をなめるんじゃない。政財界の圧力に屈する警察官ばかりじゃないんだ」

「威勢がいいな。その気になれば、きみを青梅署あたりに飛ばすこともできるんだぞ」

長瀬が滝沢を威した。

「やれるものなら、やってみろ。警察は腰抜けばかりじゃないんだよ」

「まあ、まあ」

波多野は部下の滝沢を執り成し、スチールデスクに尻を半分載せた。

「な、なんの真似だ」

長瀬が上体を反らした。

「あなたが三十分も空とぼけてるんで、少し脚がだるくなってきたんですよ。ずっと立ちっ放しだったんでね」

「目障りだ」

「少し休ませてくださいよ。ところで、あなたはまだご存じないようですね」

「なんのことだ？」

「打木晴加は、あなたに五千万円の口止め料が欲しいと電話をかけたとき、どうも保険を掛けてたみたいなんですよ」

「保険？」

「そうです。彼女は、あなたとの遣り取りをそっくりＩＣレコーダーで録音してたんですよ」

波多野は、もっともらしく言った。そうした事実は確認していなかった。要するに、反則技だ。そのため、慎重に断定口調は避けた。

「あの仲居め！」

「やっぱり、打木晴加のことはご存じでしたか。六年数カ月前のある夜、あなたは『きよ川』でオレンジの段ボール箱に詰めた現金三億円を橋爪議員に裏献金として贈った。その贈収賄の件で打木晴加はあなたを脅して、開業資金を無心しようとした」

「………」

「あなたは口止め料として五千万円払うと晴加を騙し、寺内隆幸に汚職の事実を『きよ川』の仲居に覚られたことを伝えた。寺内は晴加の口を封じなければ、事業家に転身するという自分の野望が叶わなくなると考えた。それで晴加を尾行し、赤羽駅構内の階段から突き落とした」

「………」

「寺内は打木晴加が死んでくれることを望んでいたが、彼女は体が不自由になっただけだった。そのうち命を奪う気でいたんだろうが、怯えた晴加は二度とあなたに脅迫電話をかけなくなった。だから、寺内は晴加の命を狙わなくなったんでしょ？」

「あの仲居は、わたしとの通話を本当に録音してたのか」

長瀬が力なく呟いた。顔面蒼白だった。

「そのことはまだ確認していませんが、事実でしょうね。五十近い女性が若手財界人で闇社会にも知り合いがいる実力者を脅迫するには当然、保険を掛けてから切札をちらつかせるでしょうから」

「そうだろうな、そうにちがいない。橋爪先生に三億円の現金を回してやったことは認めた通りだ。しかし、ちゃんと先生から〝借用証〟もいただいてる。だから、贈賄罪にはならないはずだ。もちろん、先生にも収賄罪は適用されっこない」

「東京地検特捜部には、そんな言い訳は通用しないでしょう。あなたは、とことん調べられることになると思います」

「そ、そんなことになったら……」

「特捜部検事のすべてが秘密ＳＭクラブの会員ではないだろうから、寺内が使った裏技はもう通用しませんよ。近く身柄を東京拘置所に移されるでしょうが、もう観念したほうがいいな」

「なんてことなんだ」

「ついでに、教えておきましょう。打木晴加は、脇太陽の実の母親なんですよ」

「えっ、なんだって⁉　それじゃ、唐津組の若い組員は寺内に母親が赤羽駅の階段から突き落とされたんで、元検察事務官に仕返しをしたのか」

「動機は、それだけじゃないようです。実は、隣に脇太陽がいるんですよ」

波多野はスチールデスクを滑り降り、取調室1を出た。取調室2に入ると、安西と志帆が相前後して波多野に顔を向けてきた。

安西の前にいる脇太陽は目を閉じ、口を引き結んでいた。

「ずっと黙秘権を行使してるんですよ」

予備班の安西班長がぼやいた。波多野は机を回り込んで、脇の肩を叩いた。

「長瀬真也が認めたよ、そっちのおふくろさんに裏献金の件で小料理屋の開業資金を無心されたことをな」

「そうかい。あんな女、おふくろとは認めねえ。親父とおれを棄てて、不倫相手と関西に行っちまいやがったんだからな」

「そのことでは、おふくろさん、だいぶ後悔してるようだったぞ」

「おたく、あの女に会ったんだな?」

「ああ。相棒の保科刑事と、打木晴加さんが世話になってる北区上十条の『くつろぎの家』に行ってきたよ。おふくろさんは元夫と息子にどうしても償いたかったみたいだな。だから、長瀬から小料理屋の開業資金を出させて、商売に励むつもりでいたようだ。たくさん儲けたら、別れた夫や倅（せがれ）にこっそり仕送りする気でいたらしい」

「…………」

「そっちは、おふくろさんが何者かに赤羽駅の階段から突き落とされたことを報道で知って、翌日、救急病院に行ったそうじゃないか」

「昔のことは忘れちまったよ」

「ひねくれ癖は、なかなか直らないみたいね」

志帆が脇に声をかけた。

「うるせえや。刑事だからって、偉そうなことを言うんじゃねえ。それ以上、生意気な口をききやがったら、おまえを殴るぞ」

「まだチンピラね」

「なんだと!?」

「脇、黙れ！」

安西が声を張った。志帆は、いまにもバックハンドを放つ姿勢だった。

「ま、落ち着けよ」

波多野は志帆に言って、安西の背後に回り込んだ。

脇がたじろぎ、視線を外す。

「話を戻すぞ。そっちは救急病院で、おふくろさんを階段から突き落としたのが寺内隆幸と知ったんだな。すぐに母親の復讐をしなかったのは、なぜなんだ？」

「テレビニュースで、あの女が駅構内で誰かに突き落とされたと知って、おれは搬送先を調べて、あくる日、救急病院に駆けつけたんだ。けど、おふくろの面を見たら、浮気相手の許に走ったことが赦せなくなって、数分しか病院にいられなかったんだよ」

「それでも、母親を突き落とした犯人が寺内だって話は忘れなかったはずだ」

「まあな。けど、おふくろのために仕返しをしてやる気なんかなかったよ。あの男好きのばか女は夫と子供に背を向けたんだからな。こっちだって、情なんかねえよ」

「寺内を殺した動機は、母親が大怪我させられたことじゃない？」

「当たり前だろうが！　おふくろの仕返しだったら、すぐに寺内を殺ってらあ」

「ま、そうだろうな。しかし、犯行動機に母親のことがまったくなかったわけじゃないんだろう？　何か別のことで寺内に憎しみや殺意を覚えたとき、ふっと母親の件を思い出したんじゃないのか。それどころか、それが引き金になったとも考えられるな」

「おれは、そんなセンチメンタルな人間じゃねえよ。おふくろがどうなろうと、知ったこっちゃねえ。現に救急病院で会ったきり、その後の居所も知らないんだ。寺内を殺っ たのは、おふくろのためなんかじゃねえぞ」

「誰か恩人がいるのか？　その人間に恩返ししたくて、汚れ役を買って出たのかい？」

「おれは組員だけど、義理や人情で動いたりしねえよ。ただ、てめえの夢を摑むためだったら、なんでもやっちまうけどな」

「そっちは確か自分で劇場映画を製作して、監督・脚本・主演もこなしたかったんだよな？」

　波多野は確かめた。

　すると、脇が悔やむ表情になった。不用意に口を滑らせてしまったことで、狼狽しているようにも見受けられた。

「どうなの？」

　志帆が元俳優のやくざを促した。

「うるせえな。女は引っ込んでやがれ！」

「わたしも刑事なのよ」

「だから、どうした？　おまえの取り調べには協力できねえな。いつかおれがプロデュースする劇場映画（ホンペン）に脇役で演（だ）してやってもいいけどな、割にマブいからさ」

「あんた、自分の映画を撮りたくて、寺内隆幸から製作費を出させようとしたんじゃないの？　寺内が長瀬の弱みにつけ込んで、『新東京フィットネスクラブ』の開業資金と運転資金を脅し取ったことを強請（ゆすり）の材料にしてね。それから、お母さんの件も寺内にちらつかせたんでしょ？」

「おれが寺内から金を脅し取ったんじゃねえかって？　どこから、そんな話が出てくるんだよ」

　脇が笑い飛ばした。映画製作が夢だという話が出たときのうろたえ振りは見せなかった。寺内から金を脅し取った疑いはなさそうだ。

「寺内はお金を出そうとしなかったんじゃない？　それで、あんたは腹を立てて……」

「金が欲しくて寺内を殺（や）ったんじゃねえって言っただろうが！　おまえ、美人だけど、あんまり頭の回転はよくねえな」

「女だと思って、なめるんじゃないわよ」

「怒った顔も悪かねえな。結構、絵になるよ」

「だったら、いつかあんたが製作する映画に出演させてよ」

「おっと、危ねえ。うっかり引っかかったら、まずいことになりそうだからな」

「劇場映画を製作するには最低でも数億円は必要なのよね？　四年前に代々木の松宮宅に押し入ったとき、たったの十一万四千円しか盗(と)らなかったことがどうも腑に落ちないのよ」

「札束をごっそりかっぱらいたかったよ。けど、見つからなかったんだ。そのことは事件調書を読んで、知ってるだろうが！」

「ええ、知ってるわ。でも、なんか不自然なのよ」

「昔の犯罪(ヤマ)をほじくり返さねえでくれ。おれは強盗致傷罪で二年一カ月の刑期(ツトメ)を終えて、もう仮出所されたんだから」

「あんたは何かを隠してる。それは間違いなさそうね」

「女の直感ってやつかよ？」

「ええ、そう。松宮宅に押し入った目的は、お金じゃなかったんでしょ？」

「また、その話かよ。もううんざりだ！」

「あんたはお金以外の何かを松宮耕造の自宅から盗み出して、それを共犯者の四十くらいの男に渡したんじゃないの？」

志帆が言った。

「共犯者なんかいなかったぜ、あのときは」

「代々木署の捜査員が四年前の強盗致傷事件に関する新たな情報を提供してくれたのよ。犯行時刻の少し前に黒いクラウンが松宮宅の周りを二回巡って、門の前でわざわざ一時停止してたって目撃証言があったらしいの。担当捜査員の話によると、その証言者は氏名と現住所を明らかにしなかったそうなのよ」

「どうせ偽情報（ガセネタ）さ」

「堤という担当刑事もそう判断したんで、そのことは上司に報告しなかったというの。目撃者は過去に何かで検挙されたことがあって、捜査に積極的に協力することには抵抗があったんだと思うわ。だから、堤刑事に自分の名前と現住所を教えなかったんだと思う」

「偽情報（ガセネタ）だって」

「そう断定できる根拠がある？」

「ねえよ、そんなものは」

「だったら、黙って聞きなさい」

「先公（せんこう）みたいな言い方だな」

「減らず口は慎め！」

安西が脇を叱りつけた。脇は口を尖（とが）らせたが、言葉は発しなかった。

「あんたの共犯者と思われる四十くらいの男は背広を着て、ハンチングを被ってたという話だったわ。通常、スーツを着てる場合はハンチングを被ったりしない。そのことから、ハンチングは顔をはっきりと他人(ひと)に見られたくなかったんで、被ったと考えられるのよ。その正体不明の男は松宮宅近くで待機してて、実行犯のあんたからお金以外の何かを受け取る手筈になってたんじゃない？」

「単独犯だったんだから、共犯者(レツ)なんかいねえったら」

「ううん、いたんだと思うわ。そのハンチングの男はあんたから何かを受け取ると、すぐクラウンを発進させて一刻も早く事件現場から遠ざかろうと焦(あせ)ってた。だから、数百メートル先で張り込み中だったわたしの夫の保科圭輔を車で撥(は)ねてしまったんでしょう」

「知らねえよ、そんなこと」

「おそらく轢き逃げ犯は、松宮耕造に何か恨みを持ってたんでしょうね。現金の被害額は小さかったし、借用証や証券類も盗まれてなかった。それでハンチングの男はあんたに松宮耕造の実印を盗ませたのではないかと推測したんだけど、それは持ち去られてなかったみたいね。でも、夫を轢き殺した犯人はあんたに金品以外の何かをかっぱらわせた疑いが消えないのよ」

「だから、何かって何だよっ」

「わからないわ、まだ。きっとそれは松宮耕造を蒼ざめさせる物にちがいないわ。多分、強欲な資産家を破滅させることも可能なんでしょうね。場合によっては、松宮を文なしにさせることだって……」

志帆が口を噤んだ。何か思い当たったのだろう。

波多野は相棒を取調室2から連れ出し、十メートルほど先の通路にたたずんだ。

「何か思い当たったようだね？」

「ええ。クラウンに乗ってたハンチングの男は、脇に松宮耕造の実印を盗み出させたんではありませんか。波多野さんがおっしゃっていたように実印と白紙委任状があれば、松宮の預貯金や不動産を合法的に詐取できるでしょ？」

「そうだが、松宮は自分の実印はいつもの隠し場所の花器の中に入っていたと言ってたじゃないか」

「そうでしたね。しかし、花壜の中に入ってたのは松宮の実印ではなく、すり替えられた精巧な偽の印鑑だったのかもしれませんよ」

「松宮宅に押し入った脇太陽が犯行前にハンチングの男に渡されていた偽の印鑑を本物の実印とすり替えたのか、被害者が意識を失ってる間に」

「そうなんじゃないのかしら？　子供騙しのトリックですが、被害者の松宮は高齢だから、印鑑の彫りの細部まではよく見えないと思うんですよ」

志帆が言った。

「そうかもしれないな。それに事件後に実印を使った様子はなさそうだった。この四年間に第三者が松宮耕造に成りすまして、資金を自分のものにすることは可能だろうな」

「だとしたら、松宮の実印の彫り文字を知ってる人間が怪しいですね」

「そうだな。不動産登記関係書類や法人登記関係の書類を見る機会があるのは、銀行関係者、不動産会社の社員、松宮と会社の経営権を売買した者、弁護士、公認会計士、税理士、司法書士とたくさんいる」

「司法書士もそうなんですよね。波多野さん、脇太陽に松宮の実印を盗ませたのは、殺された寺内隆幸とは考えられませんか？」

「寺内だって⁉」

「はい。寺内は事業家としてビッグになることを夢見てたようですよね。資産家の松宮の財産をこっそり横奪りして、多角経営に乗り出す気でいたんじゃないのかな。松宮の実印を手に入れてくれた脇太陽には、それなりの成功報酬を渡したんでしょう。しかし、その後、服役期間を除いて、たびたび脇は寺内にたかりつづけた」

「我慢の限界に達したんで、あるときから寺内は脇に金を与えなくなった。そのことに脇が腹を立てて、寺内を刺殺してしまった。きみは、そう推測したんだな？」

　波多野は確かめた。

「ええ、そうです。わたしの筋の読み方、おかしいでしょうか？」

「脇太陽と寺内隆幸が四年も前から個人的につき合いがあったとは考えにくいな。寺内は長瀬の紹介で唐津組の組長とは交友があったかもしれないが、脇は一介の組員だからね」

「そうか、そうですね。脇と寺内が個人的に親しくしてたなんてことはないかな？」

「こっちはそう思うね」

「波多野さんの言う通りなんだろうな」

　志帆が口を閉じた。

　そのとき、波多野の上着の内ポケットで刑事用携帯電話（ポリスモード）が着信音を発した。ポリスモードを取り出し、耳に当てる。

「代々木署の小幡です。少し前に堤が出先から電話をしてきまして、松宮耕造が預金の大半を都南（となん）銀行渋谷支店に預けてたはずだから、預金残高が少なくなってないかチェックしてみたらと言ってきたんですよ。堤も脇が十一万四千円しか松宮宅から盗まなかったことに引っかかってたようなんです」

「わたしたち二人も、そのことがずっと引っかかってたんですよ」

「そうですか。わたしは、首都圏の自動車修理工場に再聞き込みをしはじめてるんです。波多野さんたちお二人に都南銀行のほうを調べてもらえると、ありがたいんですがね」

「わかりました。明日の午前中に都南銀行の渋谷支店に行ってみます」

「お願いしますね」

小幡が先に電話を切った。波多野はポリスモードを懐に収め、志帆に小幡から聞いた話を伝えた。

「もう少し脇を揺さぶってみるか」

「はい」

二人は取調室2に向かって歩きだした。

第五章　透（す）けた接点

1

支店長室に案内された。

都南銀行渋谷支店である。波多野は、志帆と並んで長椅子に腰かけた。総革張りの深々とした焦茶（こげちゃ）のソファだった。

「すぐに支店長が参ると思います」

若い女性行員が笑顔で言い、支店長室から出ていった。あと数分で、午前十時になる。

すでに支店長の早坂逸雄（はやさかいつお）には電話で来意を伝えてあった。間もなく松宮耕造の預金関係記録を見せてもらえるだろう。

「気持ちが逸（はや）りますね。松宮の預金残高が大幅に減ってたら、四年前、脇が被害者の実印を犯行時にすり替えたことがほぼ立証されるんですから」

　志帆が小声で言った。

「そうだな。定期預金を途中解約してれば、当然、代理人もわかるはずだ。預金者の委任状がなければ、銀行は解約にも預金の引き出しにも応じないだろうからな」

「ええ。その代理人が脇太陽の共犯者と考えてもいいんでしょうね？」

「おそらく、そうなんだろう」

　会話が途切れた。

　そのとき、四十代前半に見える男が支店長室に入ってきた。書類の束を抱えている。

　波多野たちは立ち上がって、自己紹介した。相手も名乗った。支店長の早坂だった。

　三人は名刺を交換し終えると、ソファに腰を下ろした。早坂は、波多野の前に坐った。

「松宮耕造さんは高額預金者なんでしょ？」

　波多野は支店長に確かめた。

「二年前までは、そうでしたね。総合口座に七十三億円近い巨額を預けてくださる個人の方は、めったにいませんから。それだけの大口(おおぐち)の顧客ならば、支店長就任の日にわたしも真っ先にご挨拶にうかがっていたでしょう。しかし、現在の残高は二億円弱なんですよ」

早坂が答えた。波多野は顔には出さなかったが、内心、驚いていた。やはり、推測通りだったようだ。

「まだ挨拶には行ってないわけですね、松宮宅には？」

「ええ、忙しさに紛（まぎ）れていましたんでね。わたし、一年前まで馬込（まごめ）支店にいたんですよ。預金総額の少ない支店でしたが、渋谷支店は法人の顧客が多いので、つい個人のお客さまのことは……」

「後回しになっちゃったわけか」

「ええ、申し訳ないことなんですがね。前の支店長は現在、大手町（おおてまち）の本店にいます」

「その方のお名前は？」

「矢作謙吾（やはぎけんご）です。年齢は四十三歳のはずです」

「その矢作という前支店長の時代に松宮さんの預金が七十一億円も引き出されたわけですね？」

「ええ、そうです。これが出入金の記録です」

早坂がプリントアウトしたものを差し出した。波多野は記録紙を受け取った。
二、三億円単位で、四年前の三月から去年の春にかけ、数十回にわたって松宮の預金は引き出されていた。他人の口座に振り込みは一度もされていない。毎回、現金で引き下ろされている。

「松宮さん本人が引き出したんですか？」

「いいえ。毎回、松宮さんの委任状を持参した代理人が引き出しの手続きをなさっていますね」

「その代理人はどなたなんです？」

「横浜市青葉区すみよし台在住の芳賀正則という方です」

早坂支店長が委任状の写しの束をコーヒーテーブルの上に置いた。

波多野は、相棒と顔を見合わせた。代理人が今回の殺人事件の通報者だったからだ。

「ちょっと拝見させてください」

波多野は委任状の写しの束を手に取った。

松宮が代理人の芳賀正則に預金の引き出しを委任する旨が記されている。預金者の住所と署名があり、実印も捺されていた。

「この委任状は偽造された疑いがあります」

「えっ!? そ、そんなわけありませんよ。前任の矢作支店長が委任状の預金者の署名をチェックしてから、現金を払い戻したはずですのでね」

「筆跡が預金者と酷似していたので、チェックできなかったのかもしれませんね。そうでなければ……」

「前任の支店長が故意に偽造委任状を受理した？」

「ええ、そうなるでしょうね」

「そんなことはありません。矢作前支店長は仕事もできるし、誠実な人間です。部下にも思い遣りがあります。ですんで、本店融資部次長に栄転になったんでしょう」

「そういうことなら、何者かが矢作さんを陥れようとして、松宮さんの委任状を偽物とすり替えたんだと思います」

「いったい誰がそんな悪巧みをしたというんです？」

「わかりません。委任状の写し、一通だけお借りしたいんですよ。松宮さんの筆跡とこちらの署名が合致してるかどうか確かめてみたいんです」

「それはかまいませんが、当行が偽造委任状を見破れずに七十億円以上の不正引き出しに応じてしまったことが表沙汰になったら、矢作前支店長は責任を取らされることになります。わたし、一つ年上の矢作前支店長に銀行マンとしての心得を教えてもらったんですよ。そればかりじゃなく、仕事や個人的な悩みの相談にものってもらっていました。尊敬している先輩行員のミスを暴くようなことになったら……」

「早坂さんのお気持ちは理解できますけど、松宮さんは四年前に自宅に押し入った強盗に頭部をバールで強打され、脳挫傷の後遺症でいまも記憶障害があるんですよ」

志帆が口を挟んだ。

「そうなんですか」

「松宮耕造さんは強欲な金融業者だったようですが、自分の預金を七十億円以上も何者かに横奪りされたかもしれないんです。矢作前支店長の立場が悪くなるからって、都南銀行さんが知らんぷりはできないでしょ？」

「ええ、それはね。しかし、困ったことになったな。松宮さんの預金がまんまと詐取されたとなったら、当然、当行が弁償しなければなりません。ですが、七十億円以上の損失を補塡しなければならないのは当行としても負担が大きすぎます」

「だからといって、何もなかったことにはできませんよ」

「矢作前支店長の筆跡チェックが甘かったことは否めませんが、まだ代理人の芳賀正則と共謀して松宮さんの預金を詐取したと決まったわけじゃありません」

「そうなんですがね」

波多野は早坂に言った。

「多分、誠実だという矢作前支店長は不正には加担していないでしょう。われわれはこれから松宮宅を訪ねて、筆跡の照合をしてみます。委任状の署名が松宮さん本人のものではないとわかったら、代理人の芳賀正則に任意同行を求めます。そうすれば、矢作前支店長が共犯者ではないことがはっきりするでしょう」

「ええ、そうですね。刑事さん、松宮耕造さんには何者かが勝手に七十一億円近い預金を引き出したことは言わないでいただきたいんですよ。当行の本店の調査部の者が事実関係を調べ上げてから、松宮さんには謝罪をしますので」

「わかりました。預金が引き出されてた件は、松宮さんには言いません」

「よろしくお願いします」

早坂支店長が両手をコーヒーテーブルに掛け、深々と頭を垂れた。波多野は委任状の写しを折り畳み、上着の内ポケットに収めた。

「ご協力に感謝します」

志帆が早坂に言って、先に立ち上がった。

波多野たちは支店長室を出て、地下一階の駐車場に下りた。捜査車輌の運転席に乗り込むと、相棒が口を開いた。

「事件通報者の芳賀正則が松宮の委任状を持参して、七十一億円近い預金を勝手に引き出してたなんて夢にも思いませんでした」

「想定外の展開になったんで、こっちも驚いてるんだ」

「芳賀は松宮耕造の預金を詐取したことを司法書士仲間の寺内隆幸に見破られて、横奪(ど)りした巨額の半分を口止め料として寄越(よこ)せなんて強請(ゆす)られたんじゃないのかしら？」

「それで、誰かの紹介で組員の脇太陽を紹介してもらって、元俳優のやくざに寺内を始末してもらった？」

「ええ、そういう推測もできるのではありませんか。彼は自分で映画を製作したがっていましたのでね」

「芳賀と脇に接点があれば、そういう筋読みもできるな。そのあたりのことを滝沢に調べさせよう」

波多野は懐から刑事用携帯電話(ポリスモード)を取り出し、部下に指示を与えた。滝沢は意外な展開になったことがにわかには信じられない様子だった。

「二人に接点があるかどうかは、じきにわかるだろう。車を松宮宅に向けてくれないか」

波多野はポリスモードを懐に戻し、志帆に言った。

相棒がスカイラインを走らせはじめた。

代々木の松宮宅に着いたのは、およそ二十分後だった。志帆がインターフォンを鳴らすと、お手伝いの八神彩子が応対に現われた。

波多野たちは、松宮のいる部屋に通された。十畳の和室だった。

車椅子に乗った松宮は広縁で、浮世絵の画集を眺めていた。遊女画ばかりだった。

「旦那さま、この方々を憶えてらっしゃいますか？」

彩子が松宮に問いかけた。

「ああ、わかっとる。刑事さんだったよな」

「ええ、そうです」

「きょうは何の用なのかね？」

松宮が波多野に顔を向けてきた。

「実はお願いがあって、うかがったんですよ」

「どんな願いなのかな。わしは、もう金貸しはやっとらんから、借金の申し込みは受け付けんぞ」

「そうではありません。あなたの実印と印鑑登録証を見せていただきたいんですよ」

「妙なことを言うね。どういうことなのか、わかりやすく説明してくれ」

「はい。あなたの代理人と称する芳賀正則という男が松宮さんの委任状を持って、都南銀行で預金の一部を引き出そうとしたことがあるんですよ」

波多野は、思いついた作り話を澱みなく喋った。

「ご安心ください。銀行側が怪しんで、預金の引き出しはストップさせたそうですから」

「えっ⁉」

「そうか。都南銀行渋谷支店には、七十三億円ほど預けてあるんだ。わしの資産の約半分だよ」

「芳賀正則という名に聞き覚えは？」

「どっかで聞いたことのある名だな。その男の職業は？」

「町田で司法書士事務所を開いています。自宅は横浜市青葉区にあるんですがね」

「よく思い出せんな。不動産や法人の売買をたくさんやってきたんで、多くの司法書士の世話になったが、芳賀という男のことはどうも……」

「そうですか。同じ町田で司法書士をやっていた寺内隆幸という男がいたのですが、その彼は先夜、町田市内の自宅で殺害されたんですよ」

「その司法書士には世話になったことがあるような気がするな。そんなことより、わたしの委任状を持った怪しい奴が勝手に預金を引き出そうとしたとはな。支店長の矢作謙吾君は、ちょっと気が緩(ゆる)んどるね」

「その方は、もう本店に異動になったそうですよ。一年ほど前に、大手町にある本店の融資部次長に出世したんです」

「そうだったのか。矢作君は挨拶に来たかい？」

　松宮が彩子に問いかけた。

「ちゃんと挨拶に見えたじゃありませんか」

「そうだったかな。彩子、花器の中にある実印と印鑑登録証を持ってきてくれ」

「はい」

　彩子が和室から出ていった。

　松宮は、お手伝いの八神彩子を下の名で呼んだ。二人が他人ではない証（あかし）なのか。そう考えるのは穿（うが）ちすぎだろうか。

「綺麗なお手伝いさんですね？」

　志帆が松宮に声をかけた。

「彩子は四年前まで新宿でスタンド割烹（かっぽう）の店をやってたんだよ。そのころ、わしは店の運転資金を一千五、六百万貸してたんだ。その後、店が立ち行かなくなったので、わしの家に転がり込んできたんだよ。借りた金を返せなくなったから、お手伝いとして使ってくれと言ってな」

「単なるお手伝いさんではない感じですけど、どうなんでしょう？」

「わたしは彩子を愛人にしたいと思っとるんだが、どうにも身持ちが固くってな。まだ男女の仲にはなっとらんのだよ」

「ご冗談を……」

「彩子のことよりも、矢作君のことだ。あの男は将来、必ず出世すると見込んどったんだよ。それだから、彼を応援する気持ちもあって、都南銀行渋谷支店に約七十三億も預けたんだ。矢作君も、いまや本店の融資部のナンバーツーか。たいしたもんだ」

「前の渋谷支店長は、身内のどなたかに似てらっしゃるんですか？」

「いいや、そういうわけじゃないんだよ。しかし、初めて会ったときに誠実な人柄と見抜いたんで、何かと目をかけてきたんだ。わたしの周辺にいる人間はハイエナみたいな連中ばかりだった。自分も同類項だから、矢作君の清々しさに心洗われる気がしたんだよ。だから、目をかけてきたんだ」

「そうなんですか」

「それより、あんた、美人だね。わたしの彼女にならんかね？　死ぬまで一緒にいてくれたら、全財産をあんたに相続させよう。どうだい？」

「八神彩子さんに妬まれそうだから、遠慮しておきます」

「うまく逃げおったな」

松宮が高笑いした。

その直後、彩子が部屋に戻ってきた。波多野は松宮の実印と印鑑登録証を借り受け、印影を見較べてみた。同一のようにしか見えない。相棒の志帆にも見較べてもらったが、相違点は見出せないようだった。

「どうかね？　わたしの実印は盗まれていなかった。だから、芳賀とかいう男が持参した委任状の判は実印じゃなかったはずだ」

松宮が言った。

「そうみたいですね。しかし、念のため、鑑識係に検べてもらいたいんですよ。かまいませんね？」

「ああ」

「それでは松宮さん、これに署名して実印を捺してみてください」

波多野は懐から手帳とボールペンを取り出し、松宮に手渡した。

松宮が手帳に氏名を記し、その真下に実印を捺した。それから彼は、無言で彩子に実印を渡した。波多野は松宮から手帳を返却してもらった。

「あなたは四年前まで、新宿のスタンド割烹のママさんだったそうですね？」

志帆が彩子に訊いた。

「は、はい」

「お店の名前は？」

「『はましぎ』です。でも、わたしは商売が下手でしたんで、結局、お店は畳んでしまったんですよ」

「そうなんですか。あなたは律儀な女性なんですね。借りたお金を返せないんで、松宮さんのお世話をしているとか？」

「旦那さま、そんなことまで警察の方たちにお話しになったんですか。いやだわ。恥ずかしい！」

彩子が両手で白い瓜実顔を挟み、色っぽくはにかんだ。

「わしの彼女になってくれれば、お手伝いさんを別に雇ってやるのに。彩子、今夜あたり、わしを受け入れてくれんか？」

「わたしは、そんなつもりでお世話させてもらっているのではありません。どうか誤解なさらないでください。旦那さまがそんなふうに考えていらっしゃるなら、わたしは、すぐにお暇させてもらいます」

「もう彩子を口説いたりせんから、いつまでもそばにいてくれ。記憶力が落ちてから、なんだか心細くて仕方ないんだよ」

松宮が彩子の片手を引き寄せ、縋るように訴えた。彩子が微笑で応えた。

「お邪魔しました」

波多野は松宮に声をかけ、志帆と和室を出た。彩子に見送られ、松宮宅を辞する。

「代々木署の鑑識係に協力してもらって、急いで筆跡と印影の鑑定をしてもらいましょうよ」

路上で、志帆が提案した。

「脇が引き起こした四年前の強盗致傷事件は、すでに片がついてるんだ」

「でも、松宮の実印が脇太陽にすり替えられてたとしたら、まだ事件は終わってないことになります。仮に怪しいハンチングの男が脇から松宮の実印を受け取った直後にクラウンで保科を轢き殺したんだとすれば、小幡さんが継続捜査中の未解決事件の大きな手がかりを得られるかもしれないんです。妙な遠慮なんかしないで、ここは代々木署の協力を仰ぐべきですよ」

「わかった。そうしよう」

波多野は覆面パトカーの助手席に腰を沈めた。志帆がスカイラインを回り込み、運転席に入った。

捜査車輛は、ただちに代々木署に向かった。

ほんのひとっ走りで、署に着いた。波多野たちは刑事課に直行した。小幡刑事は自席で電話中だった。

すぐに波多野たちに気づいて、受話器をフックに返した。小幡が先に口を開く。

「自動車修理工場に電話をかけまくってたんですよ」

「そうみたいですね。実は、意外なことがわかりました」

波多野は捜査の経過を話し、小幡に松宮が署名捺印した手帳と都南銀行渋谷支店で借りた委任状の写しを渡した。

「印影が異なっていたのなら、どちらかが偽造印ってことになるな」

「おそらく松宮宅にあった実印は、強盗致傷犯の脇太陽に事件当夜に偽造印とすり替えられたんでしょう」

「そうなら、代理人の芳賀正則が持参した松宮の委任状には実印が捺されてたんですね？」

「多分、そうなんだと思います」

「鑑定依頼をしてきますので、あそこでお待ちになっててください」

小幡はソファセットを手で示すと、あたふたと刑事課から出ていった。波多野たち二人はソファに坐った。

小幡が戻ってきたのは六、七分後だった。

「十分前後で筆跡と印影鑑定は済むそうです。インスタントですが、コーヒーを淹れましょう」

「ご馳走になります」

波多野はメビウスに火を点けた。半分ほど煙草を喫ったとき、卓上に三人分のマグカップが置かれた。小幡は、波多野の正面に腰を落とした。

マグカップが空になったとき、小幡の机の上の警察電話が鳴った。内線ランプが灯っている。小幡が自席に走り寄り、急いで受話器を摑み上げた。立ったままだった。

「鑑識からの鑑定報告みたいですね」

志帆が小声で言った。波多野は黙ってうなずいた。小幡が通話を切り上げて、声を発した。

「やっぱり、波多野警部の言った通りでしたよ。松宮の手許にあった印鑑は、実印ではないそうです。印鑑登録証の印影とは、ほんの少しだけ違ってたそうですよ」

「委任状に捺されてるほうは、実印に間違いないんですね？」

波多野は確かめた。

「ええ。しかし、筆跡は松宮本人のものと微妙に異なってたらしいんですよ。ですから、芳賀という代理人か都南銀行関係者が松宮の筆跡を真似て認めたんでしょうね」

「そうなんでしょう」

「芳賀の共犯者に心当たりはあります？」

小幡がソファに戻ってきて、波多野に訊いた。

「前支店長の矢作謙吾が疑わしいですね。億単位の金を預金者の代理人が引き出す場合、当然、支店長が委任状を厳しくチェックするでしょうから」

「そうですよね。見落とすなんて、あり得ないでしょう」

「矢作と芳賀のことをとことん調べてみます。コーヒー、うまかったですよ」

波多野は相棒に目で合図を送って、すっくと立ち上がった。

2

何か懐かしさを覚えた。

波多野は矢作謙吾に会った瞬間、そんな思いに捉われた。

都南銀行本店の特別接客室だ。波多野たちコンビは代々木署を出てから、ここにやってきたのである。

「どうぞお掛けになってください」

　矢作が波多野たち二人に笑顔で言った。紳士然とした風貌だが、近寄りがたい雰囲気は漂わせていない。むしろ、気さくな感じだった。

「失礼します」

　波多野は相棒の志帆と並んで腰かけた。矢作がなぜか短く迷ってから、志帆の前に坐った。

　矢作はなぜだか、波多野の顔をまともに見ようとしない。何か後ろ暗いことをしたからなのか。それとも、人見知りするタイプなのだろうか。

「松宮耕造さんに関して何かお訊きになりたいということでしたね?」

　矢作が志帆に話しかけた。

「ええ、そうなんですよ。矢作さんは渋谷支店にいらしたころ、松宮さんに目をかけられていたようですね?」

「はい、その通りです。松宮さんには、いろいろよくしていただきました。わたしが本店勤務できるようになったのは、松宮さんのおかげなんです。あの方は巨額の預金をしてくださっただけではなく、たくさんの優良企業をご紹介してくださったんですよ」

「それで、栄転されたと感謝してらっしゃるんですね?」

「ええ。松宮さんには足を向けて寝られません。ご本人には一度も申し上げたことはありませんが、実の父親のような方だと思っているんですよ」

「そうですか。四年前に松宮さんのお宅に押し込み強盗が入ったことは、もちろん知ってらっしゃいますよね？」

「はい。びっくりしました。ご高齢の松宮さんの頭部をバールで強打して脳挫傷を負わせた犯人に同じことをしてやりたい衝動に駆られたことを、いまでも鮮明に記憶しています。いいことではないのですが、それほど憤(いきどお)りを感じたんですよ」

「世話になられた松宮さんがそんな被害に遭(あ)われたので、救急病院にはちょくちょくお見舞いに行かれたんでしょうね？」

志帆が問いかけた。

「ほぼ毎日、病室を訪れました。担当医から後遺症として、記憶が断片的に蘇(よみがえ)らなくなると告げられたときは、とてもショックでした。他人事(ひとごと)ながら、涙が出ましたよ」

「矢作さんはお優しい方なんですね」

「松宮さんには本当によくしてもらいましたので、いつか恩返しをしなければと考えていたんですよ。記憶障害が遺(のこ)っても、松宮さんのことはいまも恩人だと思っています。本店でそれなりのポストに就いてからは時間的な余裕がなく、代々木のご自宅を訪ねることがままならなくなっていますが……」

矢作が志帆に言い、波多野をちらりと見た。困惑と不安が入り交った表情だった。

「あなたが渋谷支店長をなさっていたころ、松宮耕造さんは約七十三億円の預金をされてたんですよね？」

波多野は確かめた。

「ええ、そうです」

「松宮さん宅に強盗が入った後、数億円単位で預金が引き出されつづけたことはご存じでしょ？」

「はい。代理人の方が松宮さんの委任状をお持ちになられましたので、支店長のわたしはそのつど担当の行員に許可を与えました」

「そうして松宮さんの預金は減り、現在の残高は二億円弱です。松宮さんの委任状を持参した司法書士の芳賀正則、四十六歳が預金を詐取した疑いが出てきたんですよ」

「なんですって⁉　しかし、どの委任状にもご本人の署名があり、実印がしっかりと捺されていたんですよ」

「その署名は本物ではなかったんです」

「そ、そんなばかな⁉」

「現渋谷支店長の早坂さんから保存されていた委任状の写しを借りて、松宮さんの筆跡を代々木署の鑑識係に検べてもらったんですよ。筆跡鑑定で偽物と判明しました。実印は松宮さんの物に間違いなかったんですがね」

「わたし、委任状の筆跡を何度もチェックしましたよ。その結果、松宮さんご自身の署名だと判断したわけです。何かの間違いだと思います。ええ、絶対にそうですよ」

「確かに筆跡は酷似していました。矢作さんが松宮さんの署名と判断されても仕方がなかったのかもしれません。しかし、科学捜査で筆跡が異なることは立証されたわけです」

「わたしがミスをしてしまったのでしょうね。松宮さんにおよそ七十一億円の損失を与えてしまったなんて……」

矢作が頭を抱え込んだ。

「あなたに犯意はなかったとなれば、刑事罰には問われないでしょう。しかし、民事では都南銀行さんは松宮さんに損失の補塡をしなければならなくなるでしょうね」

「わたしはどうしたらいいんだ⁉」

「まだ松宮さんは、預金が二億円弱まで減ってしまったことに気づいてません。だからといって、このままでは済まされないでしょう」

「当然です。わたしの責任ですね。個人では弁償しきれない巨額ですので、都南銀行がわたしの尻拭い（しりぬぐい）をすることになるでしょう。死んでお詫びするしかありませんね」

「早まった考えは捨ててください。最も悪いのは、七十一億円もの巨額を騙（だま）し取った芳賀という司法書士です。刑法でも民法でも、偽の委任状を持参した芳賀正則が大半の責任を負わされることになるでしょう」

「そうなんですが、わたしにも責任はあります。死んで少しでも償えるものならば……」

「矢作さん、少し冷静になってくださいよ」

「は、はい。芳賀さんは、どうやって松宮耕造さんの実印を手に入れたのでしょう？」

「四年前に強盗致傷罪で起訴された脇太陽と芳賀正則は繋がりがあるんだと思います」

志帆が答えた。

「えっ⁉　芳賀さんが松宮さんのお宅に押し入った犯人と裏で繋がっていたということですか？」

「多分、そうなんでしょう。脇太陽は元俳優のやくざで、いつか自分で劇場映画を製作したいという夢を持っていました。ですけど、松宮宅から十一万四千円のお金しか盗（と）ってないんですよ」

「被害額は、確かその程度でしたね」

「脇太陽の犯行目的は、松宮さんの実印を偽造印とすり替えることだったんだと思います。実行犯の脇は、芳賀に頼まれたんでしょう」

「そうなんでしょうか」

「矢作さん、脇太陽という唐津組の組員と会ったことは？」

「一度もありません。なぜ、そんなことをお訊きになるんです？　まさかわたしと芳賀さんが共謀して、松宮さんの預金から約七十一億円を騙し取ったとお疑いではないですよね？」

「そんなふうには思っていません」

「妙なことを言い出して、ごめんなさい。わたし、どうかしてるな。自分のミスの大きさに冷静さを欠いてしまったのだと思います。見苦しいことをしました。ご勘弁願います」

「お気になさらないでください。それよりも、矢作さんは松宮さんの世話をされている八神彩子という女性とは面識がありますよね？」

「はい。松宮さん宅で何度かお目にかかっています。以前、彼女は新宿で何とかという名のスタンド割烹を経営してたようですね」

　矢作がわずかに伏し目になり、顔を上気させた。矢作は、八神彩子とは単なる知り合いではないのかもしれない。

「店の名は『はましぎ』だったと思います。八神さんは松宮さんから店の運転資金を借りたらしいのですが、お金を返せなくなったとかで、お手伝いさんとして住み込んでるみたいですよ」

「そうなんですか。そのあたりの事情は詳しく知りませんでした、わたしは。松宮さんは女性関係が派手だったようですから、なんとなく訊きにくくてね」

「そうですか」

「八神彩子さんは、もしかしたら、松宮さんの財産を狙って代々木の邸に入り込んだのかもしれません。松宮さんとはまだ男女の関係ではないようですが、焦らしに焦らして、いずれは松宮さんの愛人になる気でいるんじゃないでしょうか?」

「彼女は、そんな計算ずくの女性ではないと思います。それだから、自分のスタンド割烹を畳むことになったんでしょう」

　矢作が彩子を強く庇った。彩子の人柄をよく知っているような口ぶりだった。波多野は、そのことが妙に気になった。二人は何かで特別な繋がりでもあるのだろうか。そうなのかもしれない。

会話が熄んだ。波多野は矢作に声をかけた。

「司法書士の芳賀正則とは何年も前からお知り合いだったんですか？」

「顔見知りになったのは、七、八年前でした。渋谷駅の近くに事務所を移転させたいからと都南銀行渋谷支店に融資のご相談に見えられたのです。ですが、二千万円をお貸しすることはできなかったんですよ。それでも、芳賀さんはわたしのいた渋谷支店に五百万円の定期預金をしてくださったんで、なんとなくおつき合いがつづいていたんです」

「定期預金の実績を作って、再度、融資を申し込むつもりだったんでしょうね？」

「ええ、そうだったのかもしれませんね。しかし、その後、芳賀さんから融資の申し込みはありませんでした。松宮さんあたりから、事務所の移転費用を借りる気だったんだろうか。松宮さんは以前、多くの不動産や会社の売買をしていましたので、司法書士の芳賀さんとはかなり昔から面識はあったんだと思います」

「そうなんでしょうね。芳賀正則は松宮さんから金を借りられなかったんで、実印を手に入れて、預金を詐取したのかもしれないな」

「そうなんでしょうか。彼がそんな大胆な犯罪に手を染めるとは、とても信じられませんがね。芳賀さんは何者かに利用されてるだけなのかもしれませんよ？」

「芳賀正則は、脇から松宮さんの実印を受け取った謎の人物に頼まれて、高額預金者の委任状を持って都南銀行渋谷支店を訪ねただけなのではないかとおっしゃるんですね？」

「そう思いたいな。仮に芳賀さんが松宮さんの預金のうち約七十一億円を詐取したのだとしたら、彼の生活に変化があったはずです」

「金を湯水のごとく遣ってた？」

「そこまではいかなくても、少しは贅沢をしているのではないでしょうか。たとえば事務所を念願の渋谷駅周辺に移して、世田谷か目黒区内に豪邸を買うとかね。あるいは、一棟ごと賃貸マンションを購入するとか」

「ええ、考えられますね」

「しかし、彼は相変わらず旧町田市役所の裏手にある事務所で細々と司法書士をやっているようですし、横浜市の自宅からも引っ越していません」

「警戒して、芳賀は後三、四年は詐取した金に手をつけないようにしてるとも考えられるでしょ？」

「ええ、そうですね。しかし、わたしの知る限り、芳賀さんはそれほど金銭欲はない方ですよ。それどころか、あまり金には執着心はないようです」

矢作が言った。

「そうですか。芳賀の周辺の人間で、金に貪欲な人間はいませんか？」

「彼とはプライベートなつき合いはしていませんので、そういうことはわかりません」

「実は、脇太陽から松宮耕造の実印を受け取ったかもしれない人物はおおよそわかってるんですよ」

「えっ、そうなんですか⁉」

「そいつは四十代前半の男で事件当夜、脇が犯行に及ぶ前に松宮宅の様子をうかがってたようなんですよ。黒いクラウンを運転して、被害者宅の前で一時停止してたんです。おそらく家の中の様子をうかがって、近くで待機してた脇太陽にスマホで松宮さんが独りで在宅してることを伝えたんでしょうね」

「その後、犯人は松宮さんのお宅に押し入ったのでしょうか？」

「ええ、おそらくね。脇は松宮さんの頭部をバールで強打してから、金を物色したと供述しています。現金十一万四千円を盗んでから、耐火金庫のダイアル錠を解こうとした痕跡もありました」

「そうなんですか」

「しかし、金を執拗に漁った様子はないんですよ。多分、脇太陽の狙いは金品ではなかったのでしょう。現に被害者が花器の中に隠してあった実印は、精巧な偽造印にすり替えられていた。脇が盗み出した松宮耕造さんの実印は、被害者宅の近くに潜んでたクラウンの男に渡されたんでしょうね。そいつは背広をきちんと着てたようですが、頭にハンチングを被ってたそうです。組み合わせがアンバランスでしょ？」

「ええ、まあ。ハンチングを被るときは、たいていカジュアルな服装のときですからね」

「正体不明の男は疚しさがあったんで、ハンチングを被ったとわれわれは推測したわけです」

「そうだったのかもしれませんね」

「同じ晩、わたしは松宮宅から数百メートル離れた路上で相棒の刑事と張り込み中だったんですよ。殺人犯の潜伏先を突きとめたので、緊急逮捕することになってたんです」

「そうだったんですか」

「殺人犯は張り込みに気づいて、逃走を図ったんです。わたしは相棒とそいつを追いました。相手を確保したとき、隠し持ってた刃物を取り出す素振りを見せたんですよ。とっさにわたしは、危ないから後ろに退がれとコンビの相手に注意したんです」

「それで？」

「後方に退がった相棒は脇道から急に走り出てきたオフブラックのクラウンに撥ねられ

て、搬送された救急病院で息を引き取りました」

「死んだのは、わたしの夫の保科圭輔だったんですよ」

志帆が波多野の言葉を引き取った。

「それはお気の毒に。ご主人は、おいくつだったんです？」

「まだ二十九でした。ひとり息子は満一歳にもなっていませんでした」

「それ以来、あなたはお子さんをおひとりで育ててらっしゃるんですか？」

「ええ」

「偉いですね」

矢作がしみじみと言った。声には同情が込められていた。

「わたしが相棒だった保科刑事を死なせてしまったようなものです」

波多野は矢作に言った。

「あなたの責任ではないでしょう？」

「それはともかく、保科君を轢いて逃げたのはハンチングを被った男と考えてもいいと思います」

「あなたは、クラウンの運転者の顔を見たんでしょうか？」

「顔はよく見えませんでした、車内が暗くてね。しかし、状況証拠から松宮さんの実印を脇太陽から受け取った人物と思われます」

「そうなんでしょうか」

「四年前の轢き逃げ犯は、まだ捕まってません。そいつは保科刑事を殺したばかりではなく、松宮耕造さんの預金約七十一億円も騙し取った疑惑が濃厚なんです。正体不明の男は司法書士の芳賀を利用しただけではありません。矢作さん、あなたにも大きな失点を与えたんですよ」

「そういうことになりますね。芳賀さんが持参した委任状の署名は、ご本人の筆跡とそっくりでしたんで、わたしも偽物とは見抜けなかったわけですから。それにしても、わたしは迂闊でした。言い逃れはできません。どうすればいいんだろうか」

矢作が思い詰めた顔になり、自分の右の耳朶を指先でいじりはじめた。

そのとき、遠い記憶が蘇った。小学四年生のとき、文京区千駄木から神奈川県小田原市に引っ越した同級生だった鷲尾謙吾も困惑したときに耳朶を触る癖があった。姓こそ別だが、下の名は同じだ。横顔には幼いころの面影があった。

矢作謙吾と鷲尾謙吾は同一人なのかもしれない。波多野は、矢作の顔を改めて見直した。幼な友達とそっくりだ。ただ、子供のころよりも面長になっている。空似なのか。判断がつかない。

クラスで最も仲のよかった鷲尾謙吾が急に転校したのは十歳のときだ。彼の父親が事業に失敗し、一家四人は夜逃げ同然に転居してしまったのである。

引っ越しの前夜、鷲尾はコロという名の愛犬の引き綱(リード)を握って、波多野の実家を訪ねてきた。

コロは雑種の中型犬で、雄(おす)だった。目がくりっとしていた。体毛は茶色だった。

鷲尾は恥ずかしそうに今度の住まいは2DKの賃貸アパートで、犬は飼えないのだと明かした。コロを保健所に連れていったら、殺処分されてしまう恐れがある。波多野は両親に頼み込んで、すでに三歳だったコロの新しい飼い主になった。

コロは数カ月、波多野に馴染(なじ)もうとしなかった。それでも彼は、親友の代わりに雑種犬をかわいがりつづけた。少しずつだったが、コロは新しい飼い主に懐(なつ)くようになった。

しかし、中学二年の冬にコロはジステンパーで呆気(あっけ)なく死んでしまった。波多野はコロの亡骸(なきがら)を抱きながら、一晩中、泣き通した。

鷲尾は別れるとき、必ず転居先の住所を教えると言って走り去った。

波多野は一日千秋(いちじつせんしゅう)の思いで、鷲尾からの便りを待った。だが、ついに手紙は一通も届かなかった。

波多野はコロをもっと長生きさせられると思っていた。

どうしても、天寿を全うさせてやれなかったという悔いが消えなかった。鷲尾に直に会って、波多野はそのことを詫びたかった。

ある休日、小田原市に独りで出かけた。市内をくまなく回ったが、鷲尾の住まいを探し当てることはできなかった。親しくしていた旧友と別れて、三十三年の歳月が流れている。

矢作と鷲尾謙吾が同一人物かは判然としなかった。しかし、耳朶をいじる癖は同じだ。やはり、そのことが引っかかる。

「矢作さんと同じ癖を持つ小学校時代の級友がいたんですよ」

「同じ癖ですか？」

「ええ。耳朶をいじる癖です。偶然なんでしょうが、その昔の友達も謙吾という名なんですよ。姓は鷲尾でしたがね」

「鷲尾ですって？」

矢作がまじまじと波多野を見た。数秒後、彼の目に驚きの色が差した。それは、ほんの一瞬だった。

「わたしのクラスメイトにも鷲尾って男の子がいたもんですから、ちょっとびっくりしたんですよ」

「そうですか。預金詐取事件の鍵を握ってるのは、芳賀正則だと思います。あの司法書士の交友関係をとことん洗ってみますよ。そうすれば、四年前にわたしの相棒刑事を轢き殺した犯人にたどり着けるかもしれませんのでね。ご協力に感謝します」

波多野は矢作に礼を言って、先にソファから立ち上がった。すぐに志帆も腰を上げた。

二人は副頭取室を出ると、地下駐車場に下りた。

「波多野さんは子供のころの面影が色濃く残ってるほうですか？」

志帆が歩きながら、いきなり訊いた。

「なんだい、唐突に？」

「さっき波多野さんが鷲尾謙吾という名を口にしたとき、矢作さんは一瞬でしたけど、ぎくりとしたようなんです。それで、ひょっとしたら、彼が波多野さんの旧友の鷲尾謙吾本人ではないかと思ったんですよ。で、さきほどの質問なのですが、どうなんでしょう？」

「自分ではよくわからないんだが、親類の者たちからは、子供のころの面影をはっきりと留めてるとよく言われるな」

「それなら、矢作さんは鷲尾謙吾という波多野さんの旧友の可能性もありますね。姓が変わったのは何か事情があって、矢作家の養子になったのかもしれませんので。あるいは矢作家のひとり娘か長女と結婚して、入り婿になったとも考えられますね」

「矢作さんが鷲尾謙吾なら、なんでそのことを隠す必要があったんだろうか」

「波多野さんと仲よしだった鷲尾謙吾さんは、不名誉なことで転校したんじゃありません？」

「父親が事業でしくじって、自宅を競売にかけられてしまったんだ。それで千駄木を離れて、一家で小田原のアパートに引っ越してしまったんだよ」

「転居先は教えてくれました？」

「必ず引っ越し先から手紙を出すと言ってたんだが……」

波多野は語尾を呑んだ。

「便りはなかったんですね？」

「そうなんだ」

「矢作さんは、やっぱり旧姓鷲尾謙吾なんじゃないのかな。話してるときに波多野さんが小学校時代の仲よしだと気づいたんだけど、惨めな思い出を語ることが辛くて空とぼけたんではないんでしょうか」

「そうだったとしたら、なんか哀しいな。こっちと鷲尾はとても仲がよかったんだ」

「それだから、余計に惨めな思いはしたくなかったんではありませんか。男同士なら、親しくても張り合う気持ちがあるでしょうから」

「ま、そうだね」

「それに、もしかしたら、矢作さんは何か疚しさがあるのかもしれませんよ」

「矢作謙吾が司法書士の芳賀と結託して、松宮の預金を詐取した？」

「ええ、ひょっとしたらね。松宮にかわいがられたんなら、高額預金者の字の癖なんかは知ってるはずです」

「そう言われれば、そうだな。矢作謙吾が芳賀の共犯者だとしたら、脇太陽に松宮の実印を盗ませたのは……」

「クラウンで保科を撥ねたのも矢作謙吾なのかもしれません。ええ、その疑いはあると思います。轢き逃げ犯の年恰好はハンチングを被った不審な男とほぼ一致してますのでね」

志帆が言った。

「矢作謙吾の過去を敷鑑班の連中に探ってもらおう」

「ええ。安西予備班長に連絡してから、芳賀正則の事務所に行ってみましょうよ」

「ああ、そうしよう」

二人は足を速めた。心証では矢作はクロっぽいが、物証を摑まなければならない。なんとなく気が重いが、捜査を進める必要があった。

3

シャッターが下りていた。

芳賀司法書士事務所である。まだ午後四時前だ。きょうは定休日だったのか。

しかし、平日である。定休日とは考えにくい。

「ひょっとしたら、矢作謙吾が芳賀に逃げろと指示したのかもしれませんよ」

「そうなんだろうか」

波多野は曖昧な返事をした。

「わたしは、そう睨みました」

「そうか」

「波多野さん、捜査に私情を挟むのは禁物ですよ。先輩にこんなことを申し上げるのは失礼だとは思いますけど」

「わかってる」

「本当にわかってらっしゃるのかしら？」

志帆がためらいながらも、はっきりと口にした。

「矢作謙吾が小学校時代の親友だった鷲尾謙吾かもしれないと思ったときから少し動揺してるが、刑事の職務は果たす」

「本当にそうしてくださいね。矢作謙吾は四年前にわたしの夫を轢き殺したクラウンの運転者と疑えるわけですから」

「そうだな」

「私情を抑えなくてもいいなら、わたしだって、矢作謙吾が保科を死なせたとわかった時点で車で轢き殺してやりたいわ。轢き逃げ犯が、わたしの一家の人生プランを台無しにしたんですっ」

「気持ちはわかるが、私刑(リンチ)は赦(ゆる)されることじゃない。わかってるな」

波多野は言い諭(さと)した。

志帆が何か言いかけ、急に唇を引き結んだ。黒目がちの瞳は涙で盛り上がっていた。

波多野は慌(あわ)てて目を逸(そ)らした。ほとんど同時に、上着の内ポケットで刑事用携帯電話(ポリスモード)が着信音を発した。

波多野はポリスモードを摑み出し、ディスプレイを見た。発信者は部下の滝沢だった。

「鑑取り班から報告が上がってきたんですが、矢作の旧姓は鷲尾謙吾でしたよ」

「やっぱり、そうだったか」

波多野は声に力が入らなかった。

半ば予想していたことだが、戸惑いは大きい。小学校時代の親友を被疑者として追わなければならない皮肉な運命を呪わしく思った。

あまりにも残酷な再会ではないか。警察官という職業を選んだことが遣る瀬なかった。

「矢作謙吾は二十五歳のとき、衣料スーパー『エンジョイライフ』の創業者の矢作篤夫のひとり娘の冴子と結婚して、姓が変わったんですよ」

「婿養子になったんだな、鷲尾は？」

「ええ、そうです。冴子の父親に見込まれて、入り婿になったようです」

「『エンジョイライフ』は首都圏に五十店舗をチェーン展開してる衣料スーパーだったな？」

「ええ、そうです。薄利多売で急成長し、創業者の矢作篤夫が二人の実弟と三人の従兄弟で経営陣を固め、年商を飛躍的に伸ばしてきたんです。いずれ創業者の娘婿の矢作謙吾は、会長職を引き継ぐことになっていたらしいんですが……」

「何かで状況が変わったんだな？」

「ええ、そうなんですよ。創業者の矢作篤夫は自分でも先見の明があると思っていたらしく、外食産業、ゲームソフト開発会社、造園デザイン会社、高級輸入自転車の販売会社、地熱エネルギー開発会社と多角経営に乗り出し、本業の業績が悪化してしまったんです」

「ワンマン経営者が陥りやすいパターンだな」

「ええ、そうですね。『エンジョイライフ』が赤字経営になると、金貸しで企業乗っ取り屋の松宮耕造が矢作篤夫に巧みに接近して、資金援助を申し出たらしいんですよ」

「そういう接点があったのか」

「松宮は『エンジョイライフ』に百八十億円の資金を援助したんですが、その融資話には裏があったんです」

滝沢が言った。

「どんな？」

「松宮は常務だった矢作会長の母方の従弟の尾高雅和を抱き込んで、融資の年利率を契約後にこっそりと変えさせてたんですよ。そのため、『エンジョイライフ』の経営権は……」

「松宮に移ったんだな？」

「そうなんです。松宮は経営権を得た半年後に、名古屋の暴力団の企業舎弟に『エンジョイライフ』を転売してしまったんですよ」

「強欲だな、松宮は」

「ええ、そうですね。『エンジョイライフ』の創業者は松宮と従弟の尾高に裏切られたことにショックを受けて、五年前に南青山の自宅で猟銃自殺してしまいました。その前年に創業者の妻は病死しています。ひとり娘の冴子は父親に溺愛(できあい)されていたんで、ショックから精神のバランスを崩すことに……」

「矢作謙吾の妻も自ら死を選んでしまったのか？」

「いいえ、冴子は四年数カ月前から山梨県の清里(きよさと)高原にある心療科クリニックに入院しています。いまでは、夫や二人の息子のこともわからなくなってしまったそうです。長男は英国留学中で、次男は高校を中退してパティシエの修業中だという話でした」

「そうか。『エンジョイライフ』の創業者を裏切った尾高雅和は松宮に利用だけされて、お払い箱にされたんだろうな？」

「いいえ。現在、七十四歳の尾高は二年前からアルツハイマー型認知症になって、松宮のことも思い出せないようなんですよ。自分がかつて『エンジョイライフ』の常務だったことも忘れてしまったみたいです。聞き込みにも、ピント外れな返事を……」

「そうか。矢作謙吾は脇太陽や芳賀正則と接点があるはずなんだが、それについての報告は上がってないのか」

波多野は訊いた。

「その件については、何も情報がもたらされていません」

「三人は間接的ではあっても、何かで繋がってるにちがいない。鑑取り班に再聞き込みをするよう予備班から指示してくれ」

「安西班長に直に指示してもらったほうが効果的でしょ？」

「そのへんの判断は滝沢に任せるよ」

「わかりました」

「矢作謙吾の生活に変化は？」

「特に変わりはないようですね。婿養子先の豪邸は一度も抵当権を設定されていませんから、そのままです。六年前に病死した矢作篤夫の妻の預貯金、不動産、有価証券、生命保険金など総額六億円は娘夫婦がそっくり相続していますので、入院費用や留学費用はちゃんと支払ってるようです」

「矢作謙吾名義で不動産を買った事実は？」

「そういうことは、まったくありません」

「矢作は脇太陽と芳賀正則を抱き込んで松宮耕造の預金のうち約七十一億円を騙し取っ

た疑いが濃いんだが、せしめた巨額はどこに消えてしまったのか」

「現金で別荘かどこかに隠してあるんでしょうかね。いや、別荘は家族に見つけられてしまう恐れがあるでしょう」

「そうだな」

「詐取した約七十一億円は、脇と芳賀が半分ずつレンタル倉庫にでも秘匿してるんでしょうか」

「そうではない気がするな。脇と芳賀はそれぞれ分け前を矢作謙吾から貰って、どこかに隠してあるんだろう。それで二人はほとぼりが冷めてから、金を遣うつもりなんじゃないのか」

「そうなんですかね。残りの金がいくらかわかりませんが、それは矢作が自分でどこかに保管してるんでしょうか？」

「そうなのかもしれない。あるいは、すでに自分の取り分は遣ってしまったとも考えられるな」

「何十億円もですか⁉　矢作謙吾は不動産の類はまったく買ってないようなんですよ」

「矢作は岳父を自殺に追い込み、妻の冴子のメンタルをおかしくさせた松宮耕造に何らかの仕返しをしたかっただけなのか」

「ですが、矢作謙吾は巨額の預金を松宮の口座から騙し取ってる容疑が濃いんです」

「ああ、そうだったな。しかし、それは金そのものが欲しかったからじゃなかったんだろう。子供のころの彼は、ほとんど物欲はなかった。金欲しさだけで、大それた犯罪に走るとは思えないんだよ」

「待ってください。係長が鷲尾謙吾、つまり矢作謙吾と離れ離れになって、三十三年も経ってるんですよ。人間の考え方は不変じゃありません。成人して社会の荒波に揉まれてるうちに、すべての価値観が変わってしまうことだってあると思います」

滝沢が異論を唱えた。

「確かに、そうだな。人は誰も世間や他者と折り合いをつけなきゃ、生きていけない。しかし、物心ついてからの基本的な考えは核になってるはずだよ。こっちも四十三になったが、若いころの気持ちとあまり変わってない。スタンスは、いまも同じだよ」

「そうですか」

「鷲尾、いや、矢作謙吾もベースになってる価値観や人生観は同じだろう。彼は強欲で薄情な松宮耕造を懲らしめてやりたかっただけなんだと思いたいな。だから、自分の取り分を個人的には遣ったりしてないんだろう」

「矢作は、自分の取り分をどうしたんでしょうか？　愛人にでも貢いだのかな？」

「愛人はいないと思うよ」

「そうでしょうか。奥さんは四年数カ月前から、心療科クリニックに入院してるわけでしょ？　まだ矢作は男盛りなんですよ。若い不倫相手がいたって、不思議じゃないでしょ？　相手が若い女とは限りませんけどね」

「そういえば、ちょっと気になる女性がいるな。矢作は、その彼女のことをむきになって庇ったんだよ。それから、青年のように頬を紅潮させたんだ。まるで相手を特別な異性と意識してるようだったな」

「その女性のことを話してみてくれませんか」

滝沢が促した。波多野は、松宮宅に住み込んでいる八神彩子のことを喋った。

「元スタンド割烹の女将ですか。色っぽいというなら、矢作謙吾の愛人なのかもしれませんね」

「そうならば、彩子は松宮の実印のありかを探る目的で、住み込みで世話をすると申し出たんではないんだろうか」

「それ、考えられますね。八神彩子は『はましぎ』の運転資金を松宮耕造から借りてて、返済できないからといって、お手伝いを志願したって話でしたよね？」

「そうだ」

「住み込みで働くってことは、松宮に口説かれる心配もあるわけでしょ？　それを承知で松宮宅に住み込んだのは、どうしても実印を手に入れたかったからなんですかね」

「そうなのかもしれない。いや、待てよ。八神彩子が松宮宅に住み込んだのは、脇太陽が押し込み強盗を働いた後だな」

「彩子は事件の前にもたびたび松宮宅に出入りしてて、実印のありかを知ってたんじゃないんですか。事件後にわざわざ松宮宅に住み込んだのは、警察に自分が怪しまれたくなかったからかもしれませんよ？」

「滝沢、冴えてるじゃないか。ビンゴかもしれないぞ。松宮は彩子に前々から気があったようだから、彼女が来訪したら、喜んで家の中に入れただろう。彩子は松宮の目を盗んで家の中を歩き回り、花器の中に実印が隠されているのに気づいた。そして、なんらかのつき合いのある矢作謙吾に教えた」

「ええ、そうなのかもしれませんね。それで矢作は、脇太陽を松宮宅に押し入らせて、まんまと実印を手に入れた。その実印を矢作は司法書士の芳賀に渡して、松宮の偽造委任状を作成させ、預金から約七十一億円を勝手に引き出した。これで、ストーリーは繋がるじゃないですか。ね、係長（ハンチョウ）？」

「そうだな。問題は、矢作謙吾に八神彩子や脇太陽と接点があるかどうかだ」

「ええ、そうですね」

「銀行員が組員と知り合える場所となると、かなり絞られるな。飲食店かサウナぐらいだろう。そうか、矢作と脇は新宿の『はましぎ』の客同士だったのかもしれないぞ」

「そのスタンド割烹は八神彩子が経営していた店ですよね。係長（ハンチョウ）、考えられますよ。脇太陽は自分で製作する映画の金が欲しかったんだろうし、彩子は店の運転資金の高利に苦しめられてた。司法書士の芳賀は、事務所を渋谷駅周辺に移したがってたんでしたよね？」

「そう。三人とも、矢作に協力する理由があったと考えてもよさそうだな」

「ええ」

「となると、寺内隆幸殺しの事件通報者が芳賀だったことが気になってくるな。寺内を刺殺したのは脇太陽だ。矢作謙吾は寺内にも何か悪感情を持ってたんだろうか」

「だとしたら、脇の背後には都南銀行の矢作がいたってことになりますね」

「そう考えてもいいのかもしれないな。滝沢、『はましぎ』の元従業員を探し出して店の客に脇と矢作がいたかどうか、鑑取り班に聞き込みをさせてくれないか」

「了解！　ついでに、八神彩子と矢作謙吾の関係も調べてもらいましょう」

「ああ、頼む」

「いっけねえ！」

滝沢が声を高めた。

「どうした？」

「肝心なことを忘れていました。四年前の二月九日まで矢作謙吾がオフブラックのクラウンを所有してたことが確認できたんですよ」

「それを最初に報告しろ。やっぱり、そうだったか。これで、矢作が脇が松宮宅に押し入った夜、犯行現場近くにいた容疑が一段と濃くなったな」

「ええ、そうですね。ただ、強盗致傷事件の起こった前日に矢作は地元署にクラウンの盗難届を出してるんですよ。だから、事件当夜にハンチングを被ってクラウンを運転してたのが矢作と断定することはできないでしょ？　矢作の車をかっぱらった奴がクラウンを運転してたのかもしれませんので」

「そうだが、おそらく矢作は事件前日にマイカーの盗難届を出したんだろう」

「自分を捜査圏外の人間と思わせるための小細工ですね？」

「ああ、そうだろうな。矢作はマイカーを人目につかない場所に隠してから、地元署にクラウンの盗難届を出したんだろう。そして、翌日にハンチングを被り、偽造ナンバーを取り付けたマイカーで松宮宅に向かったと思われるな」

「なるほど、そういうことですか。それなら、合点がいきます」

「おれたちコンビは、いま芳賀の事務所の前にいるんだ。シャッターが下りてるんで、これから芳賀の自宅に回る。動きがあったら、すぐ予備班に連絡するよ」

波多野は通話を切り上げ、ポリスモードを懐に戻した。

そのとき、志帆が口を開いた。

「電話内容は、お二人の遣り取りで察しがつきました。四年前に夫を轢き殺したのは、やはり矢作謙吾だったんですね？」

「ほぼ間違いないだろう」

「波多野さん、すぐに大手町に引き返しましょう。矢作謙吾に任意同行を求めて、町田署にしょっぴきましょうよ。同行に応じないようだったら、わたし、矢作を挑発します」

「それで、とりあえず公務執行妨害罪で矢作に手錠打ちたいんだろうが、そう焦るな。まだ証拠が揃ったわけじゃないんだ。立件できるだけの物的証拠がなければ、見込み捜査ってことになる」

「わたしは、夫を轢き殺されたんですよ。矢作に国外逃亡されたりしたら、悔やみ切れません。わたしひとりでも、都南銀行本店に引き返します」

「そうはさせない。先に芳賀の自宅に行くんだ」

波多野は志帆の片腕を摑んだ。

志帆が全身でもがいた。

「手を放してください。放さなければ、わたし、波多野さんの二の腕を嚙みますよ」

「嚙みたきゃ、嚙めばいい。それでも手は放さないぞ」

波多野は相棒を引きずりながら、覆面パトカーに向かった。

4

新興住宅街に入った。

横浜市青葉区すみよし台である。波多野は、覆面パトカーのスカイラインを低速で走らせていた。助手席に坐った志帆は、押し黙ったままだった。矢作の別件逮捕に同意しなかったことが気に入らなかったのだろう。

波多野は捜査車輛を運転しながら、左右の家々の表札を目で確かめた。似たような造りの二階家が連なっている。

建売住宅だろう。各戸の敷地は六十坪前後だった。芳賀の自宅は近くにあるはずだ。

「波多野さんこそ、捜査に個人的な感情を挟んでるんではありませんか？」

志帆が前を向いたまま、硬い声で言った。

「どういう意味なんだ？」

「矢作謙吾は、あなたの小学校時代の親友でした。しかも、彼が飼ってた犬を譲り受けたんですよね？」

「だから？」

「心情としては、矢作謙吾を検挙（アゲ）たくないと思うでしょう」

「ああ、それはな」

「それで彼に任意同行を求めたり、別件逮捕することに強く反対したんではないんですか。もしかしたら、矢作を逃がしてやりたいとさえ考えてるんじゃありませんか？」

「こっちは、それほど情緒的な男じゃないよ」

波多野はステアリングを捌（さば）きつつ、即座に言った。だが、内心は穏（おだ）やかではなかった。

心中を見透（みす）かされて、内心少し狼狽していた。

理由はともあれ、親しかった旧友を逮捕することは辛すぎる。

できることなら、そういうことは避けたい。といって、矢作の犯罪に目をつぶる気はなかった。犯罪は犯罪だ。それなりの罰を受けなければならない。

波多野は職務を全うする気でいた。しかし、矢作を積極的に追い詰めることには何かためらいがあった。刑事も、ごく普通の人間である。感情が死んでいるわけではない。

「わたしが波多野さんなら、矢作の逃亡の手助けをするかもしれません。捜査状況をこっそり教えてやるとか、非常線の張られる場所をそれとなく伝えてやるとかね」

「おれは情にほだされる人間じゃないよ。個人的には矢作謙吾を刑務所になんか送りたくないさ。だがね、こっちは法の番人なんだ。犯罪を摘発するのが職務なんだよ。いかなる理由があっても、職務は放棄できない」

「ご立派ですね」

「皮肉か。それとも、厭味かい？　ま、いいだろう」

「わたしはね、夫を轢き逃げされたんですよ。その犯人を四年経って、ようやく絞り込むことができたんです。一秒でも早く轢き逃げ犯を取り調べたくなるのは当然でしょ？」

「その気持ちはわかるよ。だがね、順番として芳賀から裏付けを取るのが先だろう」

「もたもたしてたら、矢作に逃げられるかもしれないんですよ。先に矢作謙吾の身柄を押さえるべきだわ」

「捜査班のリーダーは、こっちなんだ」

「分(ぶ)をわきまえろってことですね？」

「そうだ。こちらの指示に従えないんなら、捜査班から外れてもらってもいい」

「外れるのは困ります。わたしは自分の手で、矢作謙吾に手錠(ワッパ)を掛けたいんですよ」

「だったら、おれの指示通りに動いてほしいな」

「わかりました」

志帆が口を閉じた。

それから間もなく、芳賀の自宅を探し当てた。波多野は芳賀宅の数軒先でスカイラインを路肩(ろかた)に寄せた。エンジンを切ったとき、部下の滝沢から電話がかかってきた。

「たったいま鑑取り班から報告が上がってきたのですが、矢作謙吾はスタンド割烹『はましぎ』の常連客でしたよ。女将だった八神彩子とは、大人同士のプラトニッククラブの関係だったようです。彩子は矢作に心底惚(ほ)れてたみたいなんですが、彼には心のバランスを失った妻がいるんで、略奪愛には走らなかったんでしょう。大人の純愛ですね」

「矢作のほうはどうだったんだろう？」

「彼も八神彩子を特別な女性と想ってたみたいですよ。ですが、心療疾患(しっかん)のある妻を棄てることはできなかったのでしょう」

「大人同士のプラトニッククラブは切ないな。しかし、そういう恋愛こそ価値があるのかもしれないぞ」

「ある意味では、そうなんでしょうね。それから、脇太陽もよく『はましぎ』には出入りしてたことがわかりました。八神彩子は離婚しても嫁ぎ先の姓のままだったんですよ。それだから初期の敷鑑捜査で八神彩子が脇太陽の母親の従妹だということがわからなかったわけです」

「そうだったのか。これで、矢作と脇に接点があったことが明らかになったし、八神彩子との繋がりもわかったわけだ」

波多野は明るい声で言った。

「ええ、そうですね」

「八神彩子は従姉の息子である脇太陽が松宮宅に押し入る前に金貸しで企業乗っ取り屋松宮耕造の自宅に出入りし、実印の隠し場所を探り当てた。それで、その隠し場所を矢作に教えたんだろう」

「矢作は脇に松宮宅に押し込ませ、実印を盗み出させたんですね？」

「十中八九、間違いはないだろうな。矢作は自分のクラウンに乗って、松宮宅の近くで待機してた。脇太陽から松宮の実印を受け取って事件現場から逃げる途中、うっかり保科圭輔君を撥ねてしまった。矢作は強盗致傷事件に自分が関与してることが発覚するのを恐れて、現場から逃げ去ったにちがいない」

「ええ、そうなんでしょう」

「脇が元検察事務官の寺内隆幸を刺殺した動機に矢作のトラブルが絡んでると推測してるんだが、それに関する手がかりは何も出てないのか？」

「別班からの報告によりますと、半年前に松宮耕造の箱根の別荘の土地と建物が小田原市内にある社会福祉施設に寄贈されてるんですよ。その所有権移転登記の手続きを請け負ったのが本事案の被害者の寺内隆幸とわかりました。寺内は以前、松宮が乗っ取った企業の役員変更登記の手続きもしてたそうです」

「いまの話を聞いて、やっと謎が解けたよ」

「えっ⁉」

「殺された寺内は、松宮の別荘が何者かによって無断で社会福祉施設に寄贈されたことを見破ったんだよ。役員変更登記したときの松宮の筆跡が記憶に残ってたにちがいない」

「委任状の署名が松宮本人の筆跡とは微妙に違うと気づいて、矢作、脇、彩子が共謀して金貸しの自宅から実印を盗み出したことを調べ上げ、犯人グループを脅迫したんでしょうか？」

滝沢が言った。

「ああ、おそらくな。寺内は矢作を脅して、都南銀行から無審査で事業の運転資金を融資させようとしたのかもしれない。そうじゃないとしたら、矢作を強請(ゆすり)の代理人に仕立てようとしたんだろう」

「強請の代理人ですか？」

「そう。寺内は長瀬真也を〝貯金箱〟と呼び、収賄容疑を揉み消してやった橋爪議員の急所も握ってたんだ」

「ええ、そうですね」

「しかし、その二人から何度も寺内自身が金を無心したら、長瀬と繫がってる筋者に殺されてしまうかもしれない。寺内はそう考え、第三者を強請の代理人にすることを思いついたんではなかろうか」

波多野は自分の推測を喋った。

「悪知恵の回る奴なら、そこまで考えるかもしれませんね。矢作謙吾はダミーの強請屋にされたんでは身の破滅だと頭を抱え、脇太陽に寺内隆幸を葬(ほうむ)らせたんでしょうか？」

「こっちは、そう筋を読んだんだ。事件背景が推理小説のように複雑に入り組んでるが、絡み合った糸を一本ずつ解きほどいていくと、そうなる」

「係長（ハンチョウ）の筋読みはめったに外れませんから、今回もそうなんだと思いますよ。さすがですね」

「大きなヒントを与えてくれたのは、相棒の保科刑事なんだよ。こっちの手柄じゃないんだ」

「謙虚ですね。芳賀がどこまで自白（ウタ）うかわかりませんが、矢作謙吾を殺人教唆（きょうさ）でじきに緊急逮捕できるでしょう。それから、過失致死罪も加わるな。支援要請を待ちます」

滝沢が電話を切った。

波多野はポリスモードを懐に仕舞（しま）ってから、滝沢との通話内容を志帆につぶさに語った。

話し終えたとき、今度は本庁の宇佐美理事官から電話がかかってきた。

「明朝、長瀬真也と唐津組の組長の身柄（ガラ）を東京拘置所に移送することになった。東京地検特捜部は、すぐにも長瀬と橋爪議員を贈収賄容疑で取り調べるそうだ」

「当然でしょうね」

「脇太陽の身柄も、そろそろ東京拘置所に移したほうがいいんじゃないのかな」

「理事官、脇はもう少し町田署に留置しておいてください。脇は寺内殺しの実行犯ですが、背後で彼を操ってた首謀者が捜査線上に浮かび上がってきたんですよ」

波多野は、これまでの捜査の経過をかいつまんで話した。

「本部事件の黒幕は、都南銀行の本店融資部次長と思われるんだな?」

「そうです」

「波多野警部、お手柄じゃないか。そのうち、管理官に昇格だな」

「管理官にはなりたくありません。現場捜査が何よりも好きなんですよ」

「相変わらず欲がないね、きみは。それよりも辛いな。四年前に保科君を轢き殺した犯人が、きみの小学校時代の親友だったとはね。なんとも皮肉な巡り合わせだな」

「ええ」

「辛いだろうが、情に流されないでくれよ」

「わかっています」

「それからな、相棒の美人刑事が逆上して暴走しないよう見張っててくれないか」

宇佐美理事官がそう言い、通話を切り上げた。波多野はポリスモードを上着の内ポケットに収め、理事官から聞いた話を志帆に伝えた。

「そんなことよりも、早く芳賀が自宅にいるかどうか確認しましょうよ」

「そう急くなって。急いては事を仕損じるって諺もあるじゃないか」

「やはり、波多野さんは矢作謙吾の逮捕には消極的なんですね」

志帆が不満顔で言って、助手席から飛び出した。
波多野は苦笑して、スカイラインの運転席から離れた。いつの間にか、陽が翳ってい
た。間もなく夕闇が拡がりはじめるだろう。
二人は逆戻りし、芳賀宅に急いだ。
ありふれた二階家だった。間取りは4ＬＤＫぐらいだろう。
庭木は、あまり多くない。敷地は五十数坪と思われる。ガレージには、灰色のカロー
ラが駐めてある。
波多野たちが門扉の前で立ち止まったとき、ポーチから見覚えのある男が姿を見せた。
芳賀だった。大きなトラベルバッグを提げている。ラフな身なりだった。
波多野は志帆の腕を摑み、物陰に隠れた。
「どうやら矢作から連絡があって、芳賀はしばらくどこかに身を潜める気みたいです
ね」
志帆が小声で言った。
波多野は自分の唇に人差し指を当てた。志帆が黙ってうなずく。
芳賀はポーチの短い石段を下りると、カローラに近づいた。トランクルームにトラベ
ルバッグを入れ、運転席に坐る。

「車に戻ろう」

「尾行に失敗するかもしれませんので、わたし、カローラの前に立ち塞がります」

「それは危険だ」

波多野は志帆の腕を摑んだ。

志帆が波多野の手を振り切って、地を蹴った。そのとき、芳賀宅の車庫のシャッターがリモート・コントローラーで開けられた。志帆がカローラの前に躍り出た。

芳賀が急ブレーキを掛け、ホーンを高く轟かせた。だが、志帆は動こうとしない。

「轢かれるぞ」

波多野は言って、相棒を引き寄せようとした。

次の瞬間、志帆がフロントグリルにのしかかった。芳賀が強引に車を走らせはじめたからだ。カローラは志帆をボンネットに腹這いに載せたまま、車道に出た。即座にハンドルは右に切られた。すぐ加速された。

「車を停止させろ！　停めるんだっ」

波多野は大声で叫びながら、カローラを追った。

芳賀は、いっこうに車を停める気配を見せない。シールドフレームにしがみついている志帆を振り落として、あくまでも逃走する気なのではないか。

波多野は全力疾走した。二百メートルも駆けると、次第に胸が苦しくなってきた。いまにも心臓が張り裂けそうだ。日頃の不摂生がたたり、昔のようには走れなくなってしまったのだろう。

ほどなく息が上がった。意志とは裏腹に徐々に速力が落ちはじめた。

やがて、波多野は走れなくなった。

足を止めて喘いでいると、カローラが急に停止した。雑木林の横だった。

志帆がボンネットの上から、滑り降りた。

四肢の動きは滑らかだ。幸運にも、どこも傷めなかったようだ。

波多野はひとまず安堵し、ふたたび全速で駆けはじめた。

数十メートル走ると、カローラの運転席から芳賀が転がるように出てきた。迷うことなく雑木林の中に逃げ込んだ。

すぐに志帆も林の中に消えた。

波多野は懸命に疾駆し、雑木林内に分け入った。薄暗かった。

目を凝らすと、前方の樹間に相棒の後ろ姿が見えた。シルエットが美しい。

「特殊警棒を使うんだ」

波多野は志帆に声をかけながら、雑木林の奥に進んだ。枯れた小枝や落葉が一面に折り重なっていて、ひどく歩きにくい。

それでも、波多野はがむしゃらに奥に向かった。子育て中の相棒に万が一のことがあったら、一粒種の翔太は孤児になってしまう。何があっても、志帆を殉職させるわけにはいかない。

波多野は、ひたすら進んだ。

志帆の後ろ姿が大きくなったとき、雑木林の奥で男の悲鳴があがった。

芳賀の声だった。足を踏み外して、窪地に落ちたのか。

波多野は前進し、志帆に駆け寄った。

「どうしたんだ?」

「芳賀が崖の下に滑り落ちたんです。この林の端は崖っぷちになってるんですよ。脚か腰を骨折したようで、崖の下で唸っています」

「崖下に降りよう」

「はい」

二人は比較的に緩やかな斜面を選んで、崖の下に降りた。

芳賀は歯を剝きながら、激痛に耐えていた。右脚と腰を動かすたびに、動物じみた呻き声を洩らした。

「救急車の手配をします」

志帆がポリスモードを取り出した。

波多野は屈み込んで、転げ回っている芳賀に声をかけた。

「四年前の二月十日の夜、脇太陽に松宮耕造の実印を盗ませたのは矢作謙吾だな。実印の隠し場所は八神彩子が教えてくれた。そうなんだろう？」

「痛い、痛くて死にそうだ」

「あんたは矢作とつるんで、松宮の預金から約七十一億円を勝手に引き出した。その大半は、矢作が匿名で社会福祉施設に寄附したんだな？　そっちの分け前は、いくらだったんだ？」

「は、早く救急車を呼んでくれーっ」

「矢作は不正な方法で松宮の預金を無断で引き出したことを寺内隆幸に知られ、悪事の片棒を担げと脅迫されたんだろう？　だから、八神彩子の従姉の息子の脇太陽に寺内を始末させた。そうだな？」

「痛いよ、痛いよーっ」

芳賀が子供のように泣きはじめた。波多野は現場での取り調べを諦めた。

「救急車は、じきに来ると思います」

「そうか。シングルマザー刑事があんまり無鉄砲なことをするんで、はらはらさせられたよ。息子がいることを忘れちゃったのか？」

「一瞬、忘れてしまいました。翔太には一生、言えませんけどね」

「保科君にぞっこんだったんだな」

「ええ、そうでした。結婚生活が短かったせいか、夫の厭な面がまったく見えなかったんですよ」

「のろけられたか」

「すみません」

志帆が首を竦め、芳賀を詰問した。

「四年前に松宮宅の近くの路上で保科という刑事を轢いて逃げたのは、矢作謙吾なんでしょ？」

「救急車はまだ来ないのか。警察は、わたしを見殺しにする気なのかっ」

「ごまかさないで、ちゃんと質問に答えなさい！」

「痛みがひどくて、頭が働かないんだ」

芳賀はそれだけ言うと、後は痛みを訴えつづけた。

救急車が到着したのは四、五分後だった。芳賀は担架に乗せられ、救急車で青葉区にある総合病院に搬送された。

波多野たちは地元署員の事情聴取を受けてから、その総合病院に急いだ。芳賀は集中治療室（ICU）のベッドに横たわっていた。予想した通り、腰骨と右大腿部の骨が複雑骨折していた。顔面、肘（ひじ）、向こう臑（ずね）にも擦過傷（さっかしょう）を負っているという話だ。

治療を終えて個室に移されたのは、午後六時半過ぎだった。

波多野たちペアは病室で、改めて芳賀を取り調べた。芳賀はもはや観念したらしく、松宮の預金詐取事件に関与したことを全面的に認めた。協力金として矢作から渡された現金二億円は自宅の納戸（なんど）の奥に隠してあるらしい。その供述に偽りはなさそうだ。

強盗致傷罪で二年一カ月服役し、先夜、寺内隆幸を殺害した脇太陽には三億円の謝礼が支払われたはずだという。波多野は別班を救急病院に呼び、相棒と都南銀行本店に向かった。

覆面パトカーの運転は志帆が受け持った。スカイラインが都心に入ると、波多野は都南銀行本店に電話をかけ、融資部次長に繋いでもらった。

「矢作です。どなたでしょう？」

「鷲尾、楽になれよ」

「波多野、波多野君だな？」

「ああ、そうだ。脇太陽はそっちを庇いつづけてるが、芳賀正則が何もかも喋ったよ」

「そうなのか。きみがここに来たときから早晩、追い詰められることは予感してたんだ」

「脇に松宮の実印を盗ませた夜、代々木の路上でこっちの相棒刑事をクラウンで撥ねたのはおまえだな？」

「そのことは認めるよ。松宮の実印を手に入れたことで疚しさを感じてたので、つい先を急いでたんだ。保科という刑事には済まないことをしたと思ってる。幾度か自首しようと思ったんだが、わたしの復讐計画に協力してくれた彩子さん、脇君、それから芳賀君の立場が悪くなることを考えると、やはり出頭できなかったんだ」

「そうだろうな。鷲尾、一つだけ確認させてくれ。おっと、失敬！　いまは矢作という名だったな」

「鷲尾と呼んでくれよ」

「ああ、そうしよう。鷲尾、松宮の資産で私腹を肥やしてはないよな？」

「わたしは、松宮の他人の涙を吸った金なんか一円も懐に入れてない。協力者の八神彩子さんも同じだ」

「そうか。それでこそ、鷲尾だよ。寺内隆幸はそっちが不正に松宮の預金を引き出して、その大半を福祉施設に寄附したことを嗅ぎ当てたんだな？」

「そこまで調べ上げてたか。その通りだよ。寺内はそのことを脅迫材料にして、わたしに全日本商工会議所の長瀬真也副会頭と民自党の橋爪議員から自分の代わりに三億円ずつ脅し取れと命令したんだよ。わたしは妻と岳父を苦しめた松宮を懲らしめるためには手を汚すことは厭わなかったが、薄汚い犯罪者の悪事に加担することなんかできなかった」

「だから、脇太陽に寺内を始末させたんだな？」

「最初は自分で寺内を殺すつもりだったんだ。しかし、映画製作費を回してやったわたしに恩義を感じてくれた脇君が汚れ役を買って出てくれたんだよ」

「その金は、もともと松宮耕造の金なんだろう？」

「いや、彼に渡した三億円はわたしが個人的に工面した金なんだ」

「そうだったのか」

「脇君は自分が長生きできないことを覚ってて、わたしのために寺内殺しを買って出てくれた。わたしには何も言わなかったが、彩子さんの話によると、脇君は肝臓癌で余命いくばくもないんだよ」

「そうだったのか」

「わたしは家族の復讐と保身のために、彩子さん、脇君、芳賀君の三人の手を汚させてしまった。罪深いことをしたよ。それだけじゃない。なんの恨みもない保科という刑事を轢き殺してしまった。自分だけ善人顔で澄ましてられないよ。波多野君、わたしに手錠を打ってくれ」

「鷲尾に手錠を掛けるのは、保科君の妻だ。こっちは、どうしても相棒に手錠(ワッパ)を打たせてやりたいんだよ。そうでもしないと、彼女は悲しい過去と訣別(けつべつ)できないからな」

「喜んで保科刑事の奥さんに手錠を打たれるよ」

「ああ、そうしてやってくれ。鷲尾、逃げるんじゃないぞ」

「もう潜伏生活に疲れた。逃げも隠れもしないよ。早く来てくれ」

「わかった。おまえから預かったコロは中二のときに死んじゃったんだ、ジステンパーでな。ごめん！」

「謝ることなんかないよ。それまでコロは、波多野にたっぷりかわいがられたんだろうからね。取り調べが終わったら、コロの話を聞かせてくれないか。波多野、待ってるよ」

矢作が電話を切った。波多野はポリスモードを懐に突っ込むと、捜査車輌の屋根(ルーフ)に赤色灯を装着させた。

「波多野さん、恩に着ます」

　志帆が涙でくぐもった声で言い、スピードを上げた。サイレンの音を聞きながら、波多野は視線を窓の外に向けた。


　気恥ずかしかった。

だが、愉(たの)しい。波多野は、志帆の作った海老フライを口に入れた。衣(ころも)がさくさくしていて、うまかった。

遊園地『よこはまコスモワールド』の一隅だ。波多野は縞模様のビニールシートに坐り込み、志帆と翔太と昼食を摂(と)っていた。

　捜査本部が解散されたのは五日前だった。

　波多野は非番の日を利用して、保科母子と横浜のみなとみらい21地区を訪れたのである。時刻は正午過ぎだった。

「味はどうですか？」

　志帆が訊いた。

「うまいよ。手造りの海老フライを喰ったのは久しぶりだな。もっぱら外食だからね」

「よかったら、おにぎりも食べてください」

「いただくよ」

波多野は形よく握られたおにぎりを頬張った。具は明太子だった。

「おじちゃん、厚焼き卵もおいしいよ」

翔太がウインナーを齧りながら、笑顔で言った。

「こら！　口の中に何か入ってるときは喋っちゃいけないって、何度も言ったでしょ？

忘れちゃった？」

「ママ、きょうは怒らないって約束でしょ？」

「そうだけど、躾は大切だもの……」

「躾って？」

「行儀作法のことよ」

「それ、なあに？　ぼく、わかんないよ。それよりさ、ママもおじちゃんも早く食べて。

ぼく、早くシースルーゴンドラに乗りたいんだ」

「後で、ちゃんと乗せてあげるから、しっかり食べなさい」

「ぼく、もうお腹一杯だよ」

「もう少し待ってちょうだい。いいわね？」

志帆が息子に言い聞かせた。職務中とは違って、表情も声音も優しい。翔太は、かけがえのない存在なのだろう。

「まだ寒いので、さすがに園内でお弁当を食べてる家族連れはいないようですね。波多野さん、寒くありません？」

「ああ、大丈夫だよ。きみは？」

「寒くありません、パンツルックですんで」

「ママ、どんなに暖かくてもスカートは駄目だよ。だってさ、スカートだったら、シースルーゴンドラに乗ってるとき、下からパンツが見えちゃうかもしれないからね」

「翔太は、おませなんだから」

「ママ、おませって？」

「いつか説明してあげるから、ちょっと黙ってて」

志帆が微苦笑し、おにぎりを食べはじめた。彼女も照れ臭そうだった。

昼食を摂り終えると、三人は大観覧車乗り場に向かった。

「ね、手を繋いで」

真ん中にいる翔太が甘えた声で言い、ほぼ同時に母親と波多野の手を取った。波多野は志帆と顔を見合わせ、頬を緩めた。

「ぼく、こんなふうに歩きたかったんだ」

翔太がどちらにともなく言った。

志帆が長い睫毛を翳らせた。波多野は何も言えなかった。

保科圭輔の遺児の左手をしっかと握りしめ、黙って歩を運びつづけた。翔太の手は小さかったが、温もりはもろに伝わってきた。

三人で手を繋いで歩いていると、擦れ違った七十年配の女性が翔太に話しかけた。彼女は三、四歳の幼女の手を引いていた。

「坊や、いいわね。パパやママと遊園地に来たの？」

「う、うん」

「わたしの息子夫婦は精肉店を切り盛りしてるんで、孫娘はどこにも連れてってもらえないのよ。だから、パパやママの代わりに祖母のわたしがこうやってね」

「でも、その子はパパがいるから、いいよ。ぼく、写真でしかパパを知らないんだ」

「あら、そうだったの。おかしなことを言って、ごめんなさいね」

「おじちゃんは、きょうだけぼくのパパになってくれたんだよ」

翔太が屈託なく言って、足を速めた。

ほどなく三人は目的の場所に達した。二十分ほど待って、シースルーゴンドラに乗り込んだ。翔太を挟む形で波多野たちは片側のシートに腰かけた。

　ゴンドラがゆっくりと動きはじめた。

「ちょっと怖いけど、空に舞い上がってるような感じね。翔太、平気？」

　志帆が愛息の肩を抱き寄せた。

「へっちゃらだよ、ぼくは。だんだん遠くまで見えるようになってきたね。でっかいビルがいくつも建ってる。それから海も見えるよ」

「そうね」

「ママ、おじちゃんのことは好き？」

「好きというよりも、尊敬してるの。死んだパパと同じようにね」

「なんかよくわからないけど、嫌いじゃないんでしょ？」

「ええ」

「おじちゃんはどう？　ママのこと、嫌いじゃない？」

　翔太が問いかけてきた。

「もちろん、嫌いじゃないよ」

「だったらさ、おじちゃん、ずっとぼくのパパになってよ」

「それは……」

　波多野は返答に窮（きゅう）した。志帆が顔を赤らめながら、助け船を出す。

「翔太、見てごらん。ほら、横浜港が見えるでしょ?」

「うん」

「海のずっと向こうにアメリカがあるのよ。大きくなったら、ママをアメリカに連れてってね。パパは新婚旅行で沖縄に連れてってくれただけなの。ママ、一度も海外旅行をしたことがないのよ」

「わかった。ぼくが有名なサッカー選手になったら、ママを世界旅行に連れてってやるよ。だから、しばらく待ってて」

「翔太君は頼もしいね。パパなんかいなくても立派な大人になれるよ」

波多野は言った。

翔太には聞こえなかったらしい。大きな歓声をあげて、はしゃいでいる。

シースルーゴンドラは、いつしか頂上近くまで上昇していた。眺望が素晴らしい。

波多野は控え目に口笛を吹いた。

本作品はフィクションであり、実在の
個人・団体などとは一切関係がありません。

二〇〇九年二月祥伝社文庫刊
『三年目の被疑者』を改題。
再文庫化に際し、著者が大幅
に加筆をしました。

実業之日本社文庫 み 7 30

潜伏犯 捜査前線

2023年8月15日　初版第1刷発行

著　者　南 英男

発行者　岩野裕一
発行所　株式会社実業之日本社
〒107-0062　東京都港区南青山6-6-22 emergence 2
電話 [編集]03(6809)0473 [販売]03(6809)0495
ホームページ　https://www.j-n.co.jp/
ＤＴＰ　株式会社千秋社
印刷所　大日本印刷株式会社
製本所　大日本印刷株式会社

フォーマットデザイン　鈴木正道（Suzuki Design）

ISBN978-4-408-55823-3（第二文芸）